DESPUÉS DE LA NIEVE

Para Tim, Peter y Willow

A la memoria de
J.E.B.S.
Margaret Heald

Título original: *After the Snow*
Traducción del inglés: Jaime Valero

Ilustraciones de interior: Josephine Spencer

c/ Capitán Haya, 1 – planta 14. Edificio Eurocentro
28020 Madrid (ESPAÑA). Teléfono: (+34) 91 524 94 20

GRUPO MACMILLAN: www.grupomacmillan.com

Publicado por acuerdo con Macmillan Children's Books, una división de Macmillan Publishers Limited.

ISBN: 978-84-1543-008-7
Depósito legal: M-8421-2012
Impreso en Gráficas RODESA (España) / *Printed in Gráficas RODESA (Spain)*

www.macmillan-lij.es
www.despuesdelanieve.com

DESPUÉS DE LA NIEVE

S. D. CROCKETT

MACMILLAN

"Porque sembraron viento,
y recogerán tempestades."

Oseas 8: 7-8

PARTE I

"Durante el abismal invierno, olas gigantescas recorren el mundo. Tristes quedan los pájaros en las llanuras, salvo los cuervos, que se alimentan de la sangre carmesí en el clamor del invierno: severo, tempestuoso, lóbrego, ennegrecido, humeante. Los perros devoran huesos astillados; la tetera de hierro se coloca sobre el fuego al final de otro día oscuro y negro."

Anónimo irlandés del siglo XI.

1

Me quedo sentado en mi puesto, arriba en la colina, detrás de la casa. A la espera. Al acecho.

Abajo todo quieto.

El valle parece desnudo con tanta nieve, se ve la casa gris y solitaria. Nada más. Al lado el río helado. Debo pensar qué hacer. Todos no están.

Llevo puesto el cráneo de Perro.

Perro me dirá qué hacer. Perro me ayudará.

La casa vacía, ¿no, Perro?

No te muevas de las rocas y estate calladito, Willo.

Perro tiene razón. Como siempre.

La chimenea debe estar apagada. Lo sé porque los demás se han ido y yo llevo el día entero en la colina. Nadie ha podido alimentar el fuego. Se los han llevado, hay huellas en la nieve. Todos no están.

Padre.

Magda.

Los demás.

No sé por qué.

¿Qué hago, Perro? Dime.

*

Encontré a Perro entre los brezos, un invierno. Estaba frío y muerto. Tenía el pelaje sarnoso. Antes fue negro, grande, viejo, y el líder de la manada en los Rhinogs, lo sé de ver a Perro en la colina. Blanqueé sus huesos en una roca detrás de la casa. El cráneo estaba allí en verano, sin color, los dientes colgaban de su mandíbula tan fuerte. Empezó a hablarme, no sé cómo.

Entonces supe que entre nosotros hay conexión. Cosí su cabeza a mi sombrero y até unas piedras en las cuencas para ser sus ojos. Padre no quería curtir su piel, decía No vale la pena, pero se lo pedí y lo hizo, y después cosí la piel hecha jirones a mi chaqueta. Así Perro me mantiene caliente y me dice qué hacer.

En Farngod tengo una cueva secreta y me voy allí con él antes de cazar. Siento fuerte el poder del perro: su astucia, sus oídos que todo escuchan, su mirada fría. Todo lo que sabe la montaña, y sabe mucho por ser vieja, en mi guarida secreta. Y también en mí. Por eso cazo muy bien liebres.

Padre me decía, Eres fuerte como un espartano, Willo, podría haberte abandonado en mitad de la nieve y habrías sobrevivido sin problemas.

Padre dice que somos como esquimales y cuando habla de esquimales le creo, porque nació antes que yo y sabe qué es un esquimal.

Padre guarda en su caja un libro con cosas de antes, si lo

saca puedo verlo y mirar fotos de esquimales. Tienen caras raras, no las nuestras.

A veces los mayores se sientan junto al fuego, cuentan historias sobre los viejos tiempos, antes de la nevada. Entonces tenían coches y camiones, y cosas como electricidad y baños calientes y agua saliendo de las paredes.

Siempre lo mismo en sus historias.

Pero eso son viejos tiempos, luego el mar todo hielo, y la nieve cayó y cayó y cayó sin parar nunca. A los mayores recordar viejos tiempos les gusta. Para que los niños no olviden, dicen, pero si hablan tanto es para no olvidar ellos. Hazme caso.

A veces me siento en un rincón con la calavera puesta. Me sé de memoria las historias pero a Perro igual le apetece escucharlas, como los niños pequeños en primera fila con la boca colorada y abierta como bebés de pájaro. Oír historias les gusta.

A mí solo si los mayores dicen cosas de verdad, como lo que ocurre en la ciudad y en los campamentos de ladrones. Ellos siempre al lado de los tendidos eléctricos. Eso da más emoción, no escuchar ancianos endebles y escuálidos hablando que si comida y que si baños calientes. Para qué lo digo, supongo que tú también escuchas a tu puñado de viejos aburridos.

Con Padre es otra cosa. También tiene recuerdos aburridos de los viejos tiempos en la cabeza, pero es Padre, por eso tengo más tiempo para él que para los demás.

A veces pone sus brazos en mí y dice lo mucho me quiere y lo mucho me parezco a Madre y todo eso. Me hace sentir raro dentro. No me importa si dice esas tonterías, pero esa sensación sopla en mi cabeza como un viento fuerte y caliente. Da ganas de llorar, eso no me gusta y le digo, Aparta. Casi siempre lo hace.

Pero es Padre, ya lo he dicho, y a un padre se le respeta. Madre murió cuando yo un bebé llorica en pañales. Por aquí es normal cuando la nieve arrecia y el aliento se congela en el aire. Ahora es Magda quien vive con Padre, en nuestro lado de la casa. Magda cuida a los niños pequeños, su trabajo es lo peor. Yo les rompería la crisma a todos.

Pam. Pam. Pam.

Pero yo sería igual de molesto cuando pequeño y Magda cuidó de mí, así que me cae bien, y a veces también pone sus brazos en mí igual que Padre. Con ella mejor porque solo lo hace si no mira nadie y así los demás chicos no dicen, Llorica, llorica.

Yo a los lloricas, pimba, pimba. Tal vez por eso no caigo bien. Y qué. Cazo muchas liebres y quién va a toserme.

No quiero pensar en eso. Lo importante ahora es dormir en la casa para no congelarme, aunque es muy fría y a Perro le da miedo. Tengo troncos en el trineo y le digo a Perro, *Deja de preocuparte*, mientras asomo entre las rocas.

Abajo todo sigue quieto.

A Padre le gusta que los árboles crezcan libres y por eso hay muchos pegados a la puerta, así que la casa solo se ve desde la colina. Es vieja pero las paredes de piedra son muy firmes. Es difícil poner así esas piedras con huecos cuadrados para las ventanas. La gente de antes era muy lista.

Magda se quejaba mucho, que si las ramas golpean las ventanas, decía. Pero los mayores dijeron en la reunión, Los árboles son buenos porque ocultan la casa. Nadie debe saber que estamos aquí, salvo el granjero Geraint. Llevamos aquí casi tres años sin problemas, así que Magda ya no se queja.

Espero no tener un niño pequeño escondido en el desván. No quiero un niño llorica si soy el único que queda.

Me duelen las tripas al pensar eso. Lo de ser el único. Pero no debo ser blando. Muchos chicos son blandos, sobre todo con las chicas en la reunión de Barmuth. Hacen buá buá por ellas pero por poco tiempo, porque la chica siempre lo cuenta y yo me entero.

A mí las chicas, nada. Magda dice que ya me importarán, que una chica es lo que necesito. No sé por qué lo dice. Tengo los brazos, las piernas y todos los dientes. No me falta nada, y menos una chica.

Lo que necesito, Magda, es una pistola. Eso quiero decirle. Un cuchillo sí tengo. Padre me lo dio el año pasado, a él se lo dio Geraint. Un cuchillo para mí solo, con él cazo muchas liebres.

Pero no tengo pistola.

Geraint no me conseguirá una pistola. Es un simple granjero. Sabe mucho de ciervos y pieles, pero sin papeles, no hay pistola. Geraint consiguió papeles y tiene una pistola para él. Una vez nos dejó empuñarla a Alice y a mí. Con licencia consigues lo que quieres.

Tener una pistola es bueno, más si estás solo. Algún día la conseguiré. Sé dónde. Nadie sabe que una vez pasé al otro lado de Farngod por la carretera del tendido eléctrico. Llegué al campamento de ladrones. Tenían una pistola y la robaré si vuelven en verano. Conozco su campamento como mi mano y puedo recorrerlo de noche, silencioso como un zorro.

No sabrán nunca que estuve allí. No hasta descubrir que la pistola no está.

Robar a un ladrón me da mucha risa.

Nadie sabe mi plan. Padre no tiene tiempo para eso y grita y se enfada si hablo de campamentos. Los ladrones le dan tanto miedo como si son medio humanos o perros hambrientos o algo así. Pero los ladrones siempre al lado de los tendidos eléctricos, siempre al lado, y para no verte solo hay que esconderse y callarse. Con esos harapos de lana no van por la montaña.

Pero qué sabe Padre. Él no se sienta a poner trampas entre la ventolera, con los dedos torpes por el frío. Para mí mejor tener pistola y Perro y no estar el invierno en Farngod cazando liebres entre la nieve. Aunque nadie pone trampas como yo.

No sé cómo aprendí. Padre dice que porque he nacido en la montaña y no conozco otra cosa. Igual tiene razón. Pero no quiero estar en la montaña siempre y hacerme viejo y escuálido. Padre no consigue licencia porque siempre recuerda y recuerda, y si no recuerda grita y se enfada por no tener licencia. Pero nunca se la darán, lo sé. Él no.

Geraint también sabe, él tiene una. Tiene permiso para criar ciervos y bajar a la ciudad y vender cosas y tener pistola. El gobierno también le da combustible y una valla enorme en la granja para ahuyentar ladrones.

Padre dice, No es justo que no tengamos una licencia ni papeles, por eso no podemos vender nuestras pieles. Padre siempre cabreado, siempre. Geraint viene poco, pero necesitamos a Geraint porque nosotros, licencia, nunca. Hazme caso.

Cuando Padre se queja Geraint ríe en su poni y le dice,

Si no te gusta, Robin, vete a la carretera y que te lleven en camión hasta la ciudad, a ver cómo te las arreglas.

Geraint se parte cuando dice eso. Pero Padre pasa de las tiendas de campaña de los asentamientos, frías y roñosas. Allí no te mueves, no cazas, no pones trampas. Eso nunca. Y no iremos al gobierno aunque por eso no hay papeles. Lo que dice Geraint no da risa. Padre suda hasta el último yuan.

*

—Veamos qué tienes para mí, Robin —dice Geraint el tacaño. Baja del caballo.

—Necesitamos avena y sal y más alumbre... y Willo quiere un cuchillo —dice Padre. Le da mis pieles y las raquetas de nieve de Magda.

—También necesito lápices para los niños —dice Magda. Ella siempre queriendo cosas.

—Puedo darte cien por estas pieles y diez por las raquetas —dice Geraint.

—¿Ciento diez? Con eso no tenemos ni para empezar.

—No tienes papeles, Robin, no puedo vender esto tan fácilmente como te piensas. No puedo darte más que ciento diez. Pero le conseguiré un cuchillo al chico, uno chino de verdad, y a Magda le traeré sus lápices. Estoy intentando ayudar, ¿vale? Pero milagros no hago.

Padre entra otra vez en casa y saca más piel de Perro. No quería venderla, la necesitamos para botas nuevas.

—¿Qué te parece esta? —dice Padre mirando a Magda, ella dice sí.

Geraint sabe todo de pieles y al ver esta sabe que el perro

era mitad lobo. Toca la piel con sus dedos pequeños.

—Te doy doscientos por todo —dice Geraint.

Padre no gusta el trato, lo dice su cara. Él no puede decir nada. Debe aceptar.

Geraint abre su fardo y le da a Padre una piel de ciervo. Te daré ciento cincuenta cuando esté curada, dice. También tiene un saco de avena en el caballo, se lo da a Magda. Y una pastilla de jabón para Alice, dice.

Padre pone mala cara, pero calla. Geraint ha traído avena, igual muy malo no es, pero con la piel del perro sí ha sido malo. Tuvo un bebé con Alice y ahora está en su granja, desde entonces es más blando con nosotros.

—No te olvides del cuchillo del chico —le dice Padre—. Estuvo a punto de morir congelado para conseguir esas pieles extra.

*

Así gané mi cuchillo. Sentado en Farngod y poniendo trampas en la ventisca.

Cuando Geraint se va Padre pone una cara peor, la misma que cuando pregunta por qué llevo un cráneo de perro o cuando no hablo.

Padre no entiende. Para cazar un perro debo llevar un cráneo de perro y no hablar con nadie. Sentir el poder como con las liebres, pero más fuerte, pues un perro es más listo.

Creo que Padre puso esa cara por Alice, ella tenía catorce años y no debe tener bebés hasta más mayor, aunque pueda.

Eso dijeron los mayores en la reunión.

Pero mi hermana Alice tuvo un bebé con Geraint con

catorce años. Geraint es un viejo, pero por qué Padre pone esa cara no lo sé. Tenemos avena. Tenemos jabón. A Magda le gusta el jabón.

Magda pone un brazo en Padre. Hemos conseguido avena, Robin, dice.

Padre se aparta, creo que tiene los ojos húmedos, pero no lo sé seguro. Cuando veo eso me pongo colorado y salgo de casa porque es Padre y a un padre se le respeta e intento olvidar lo que he visto.

Igual le robo la pistola a Geraint y no a los ladrones. Más fácil porque Geraint es viejo y se pasa el invierno haciéndose escuálido en la montaña, igual que sus padres antes que él. En verdad no hay mucho que robar en mitad del invierno.

No sé por qué pienso en todo esto. Ahora hay cosas más importantes que hacer. Número uno, tengo frío aquí sentado en la nieve. Número dos, debo pensar un plan. No sé por qué hablo en mi cabeza sobre los demás.

Estás equivocado.

¿Por qué?

Me alegra que Perro hable conmigo. Es tan listo que debe ser mitad lobo.

Estás equivocado porque los demás no están ahora en la casa. Estás solo, chico. Y con o sin pistola, tienes que empezar a pensar en cosas importantes, como la comida o dónde vas a dormir o qué vas a hacer si tu manada se ha ido sin ti.

Sabía que Perro me ayudaría

2

Perro me dice, Cuidado con bajar a la casa. Pero no tengo dónde más dormir, así que salgo sigiloso de las rocas.

Quiero preguntar a Perro por las huellas en la nieve pero supongo que no sabe nada porque es un perro y los perros no saben nada sobre estas cosas.

Debe ser de algo grande por el tamaño de las huellas. Olí un rastro por la mañana cuando volvía de romper hielo en el agua, por eso que estaba fuera y escondido en la colina. También oí a Magda, gritando toda enfadada.

Primera vez que huelo un rastro así en la nieve. Sé que no pueden ser ladrones porque A es invierno y B los ladrones no tienen camiones. Solo el gobierno tiene camiones de nieve. Pero qué hacen aquí lejos de las líneas eléctricas, ni idea.

Nosotros vendemos pieles a Geraint sin tener papeles, pero nada más. El gobierno necesita pieles y la gente de la ciudad también. Dónde van a conseguirlas si no hay renegados como nosotros que se congelan los dedos en las montañas para cazar liebres y hacer botas y guantes calentitos. No somos ladrones. Cuidamos los unos de los otros. Nada más.

Padre dice que somos faros de esperanza. Ni idea de lo

que quiere decir. Y como me preocupo de ese rollo de faros de esperanza y camiones del gobierno el trineo me golpea en la pierna porque no estoy concentrado en bajar la colina como se debe. Llevo en él la leña que recogí esta mañana así que pesa mucho y se va para abajo si no lo sujeto.

El establo está abierto. Olisqueo dentro. No hay cabras. Cierro las puertas. Las atranco. Ahora a echar un vistazo por la casa.

Estoy cerca de la chimenea, apagada, la casa está más fría que una piedra. También oscura.

La puerta chirría. Me quedo quieto, muy quieto, pero mi respiración es muy fuerte, no consigo calmarla. Me quedo un buen rato así, alerta como una liebre que escucha a un águila. Mi aliento forma nubecitas.

—¿Hay alguien?

Adentro está oscuro.

Escucho con atención, para oír algún crujido por si alguien está arriba esperándome. Pero lo único que cruje es la vieja casa a causa del viento.

No hay respuesta.

Pongo una ma no en la pared para saber por dónde ir. Siento cada bulto bajo el yeso frío y sé que ahora mi mano está llena de polvo blanco, aunque no la veo. Llego a los abrigos que todavía cuelgan del perchero, la piel es muy suave. Con este tiempo nadie sale fuera sin su abrigo, así que no entiendo por qué los abrigos siguen aquí y la gente no.

Me siento raro de estar solo en casa porque está oscura y no me gusta un pelo. Pero como dice Perro, no puedo pararme a pensar eso ahora.

Llego a la cocina, oscura, los olores de siempre. Tanteo la viga para encontrar la caja de yesca porque no me queda en el morral, pero la caja se cae al suelo y hace mucho ruido. Pego un brinco y otra vez me tengo que quedar quieto un rato más. Nadie sale de las sombras así que supongo que la casa es segura de momento.

Perro me preocupa. La cosa es que los perros no saben hacer fuego y cosas de esas, así que deben tener más cuidado que nosotros. Es el único problema de llevar el cráneo. A veces el espíritu del perro se me mete tan adentro que olvido quién soy. Eso dice Padre cuando me dice de quedarme en casa con los otros y hacer mis lecturas con Magda.

Ya leo bastante, Padre, le digo.

Porque de pequeño tenía que estar todo el día leyendo con Magda, y para qué lo quiero si en cuanto me hice mayor solo a cazar liebres y a recoger leña.

Padre dice que por ser humano tengo que aprender a leer y no pasar todo el día fuera en la montaña pensando como un perro. Creo que Padre no sabe de mi guarida secreta en donde guardo los cráneos de animales que me dan poder, pero algo sospecha. Me deja llevar el cráneo de perro pero en realidad no le gusta un pelo. Lo sé.

Padre me pegó una vez por eso, el cráneo voló por la habitación. *¡No eres un maldito perro, Willo!* Estaba cabreadísimo. Pero el cráneo no se rompió. Le odié mucho por eso pero al día siguiente se me pasó. No se puede odiar a un padre, y tarde o temprano quieres enseñarle lo que sabes hacer, como cazar una liebre enorme o coser unos buenos guantes. No importa si tu padre te pega o no, querrás enseñarle lo que sabes hacer.

Padre tiene ideas raras. Siempre dice, Las cosas van a cambiar, las cosas van a ser mejores que antes. Padre dice que el hombre piensa que todo este frío y esta nieve son culpa suya, pero no. Padre dice que la nieve iba a venir de todas formas después de secarse el mar, dice que el planeta es más fuerte que todos los hombres juntos y que hará lo que le venga en gana. Lo que hay que hacer es aprender, dice. Como hace mucho mucho tiempo. Entonces es cuando se pone a hablar de los faros de esperanza.

Tiene la foto de un cuadro guardada en su libro. Me gusta mucho. Lo pintó hace mucho tiempo un tipo llamado Brúguel, o algo así. *Cazadores en la nieve*, se llama. Lo que me gusta son los cazadores caminando por el pueblo con sus perros. Se ve que hace mucho frío porque el lago está todo congelado y el cielo es muy muy verde. También hay un cuervo posado en un árbol.

Pero lo que más me gusta son los perros. Los cazadores tienen montones de perros. De esos flacos con el hocico muy largo, y todos están olisqueando alrededor de los hombres. Pero los cazadores solo cazaron un zorro. Un zorro no tiene casi chicha. Igual lo cazaron por su piel. Pero Padre dice que no, que los cazadores solo cazaron un zorro porque es un invierno muy largo y muy duro. Dice que todas las cosas del cuadro están ahí para decir algo, para contar una historia. Así que se supone que el zorro muerto nos dice que la gente no ha tenido éxito en la caza porque son tiempos difíciles y no hay liebres. Dice que el cuadro se pintó hace mucho tiempo, cuando hacía tanto frío como ahora. Dice que nevó durante más de cien años y que todo el mundo estaba hambriento y mucha gente murió, casi tanta como ahora.

Entonces sabían mejor lo que tenían que hacer. Entonces no tenían que irse a vivir a la ciudad. No tenían un gobierno diciéndoles que va a hacer calor cuando no es así, cuando va a hacer más frío. Padre dice que somos como esos cazadores, la gente nos llama renegados pero para mejorar las cosas debemos ser faros de esperanza.

Pero si todo en ese cuadro tiene una razón, lo que yo veo es ese cuervo negro y hambriento. El cuervo está ahí posado en el árbol, mirando a la gente que camina por la nieve. Supongo que el cuervo está mirando al zorro muerto que lleva un tipo colgando del hombro, y seguramente piensa *Macho, no me importaría comerme ese zorro*. El cuervo no está mirando a la gente del pueblo que patina en el hielo ni al molino congelado que hay sobre el lago ni a la mujer que enciende una gran hoguera junto a la casa. No, solo está pensando en comer.

Pero a Padre no le hablo de eso porque piensa que el cuadro nos dice que todo se arreglará algún día, que la nieve se derretirá y todo el mundo volverá a estar como antes. De eso no tengo ni idea, pero me sé de memoria el cuadro y como ya digo me gusta mucho.

Pronto tengo un buen fuego encendido que lanza sombras sobre las paredes. Ahora la habitación más agradable, como debe ser, y también calentita, cosa buena porque tengo frío y me tiemblan los pies y las manos y las piernas. Me tiembla todo por llevar todo el día sentado en la nieve.

Pero todos no están.

No me importaría si el lugar está lleno de niños gritando y corriendo. No, no me importaría, a pesar de lo que he dicho antes. Casi deseo que aparezca uno para agarrarse a mi pierna. Alguien que me diga qué ha pasado y que me haga compañía.

Me dura un momento.

Luego voy a la puerta y grito hacia el valle, pero mi voz se la come la oscuridad. Afuera está nevando fuerte. No hay viento, así que los copos son grandes y redondos y suaves y caen desde el cielo uno detrás de otro, como si no va a parar nunca. Cubren mis pisadas desde la colina y las huellas del camión. Esta clase de nieve cuaja enseguida. Ya no sabré en qué dirección fue el camión.

Mirar la nieve que cae desde el inmenso cielo negro hace que el pánico me suba por la garganta y siento que voy a ahogarme si no lo paro. Tengo una sensación terrorífica dentro de mí por estar a oscuras. Por estar solo y a oscuras.

Pero Perro dice, Esta noche estarás bien dentro de la casa, por ahora todo va bien. Se acerca la tormenta y tienes que protegerte.

Así que agarro unos abrigos y me tumbo junto al fuego.

Delante de un fuego no se puede hacer mucho más que dormir o hablar, y yo hacía mucho que no estaba tan cansado. A veces es mejor dormir. Igual mañana mejora.

Sí, mañana mejorará.

Hazme caso.

3

Despierto envuelto en los abrigos. Estoy a gusto y calentito.

Entonces recuerdo qué ocurrió ayer.

Nunca había oído a Magda gritar tanto. Todos no están. No han vuelto a casa.

Al pensar eso me levanto de golpe. Primera vez que me despierto con un peso así en el corazón, ni siquiera cuando mi hermana Alice fue a vivir a la granja de Geraint.

Esto es diez veces peor.

El fuego casi apagado. Me quedo sentado en el suelo, entre los abrigos. Me quedo mirando el fuego pero sin mirarlo de verdad, veo el vaho que sale de mi boca y un fino rayo de luz entre los tablones de la ventana. Ha empezado un nuevo día.

A mi cabeza viene una imagen de Geraint. Es una imagen de Geraint subido en su poni y riéndose de Padre. Veo sus dedos cortos y sucios como si fueran enormes. No sé por qué.

Igual cruzo la montaña hasta la granja de Geraint. Para vender unas pieles.

Tú sueñas, chico.

Es Perro otra vez.

Esa imagen de mi cabeza me hace pensar raro sobre Geraint. No sé si me recibirá con los brazos abiertos si aparezco por su casa. Un pensamiento oscuro cruza mi cabeza. ¿Igual tiene algo que ver en esto? En lo de que todos no estén, quiero decir. Igual habló al gobierno de Padre, de que vive aquí sin papeles, o algo malo, algo malo mezclado con algo de verdad.

Padre dice que no hace daño a nadie. Dice, *Para ser un faro de esperanza tienes que ser optimista y no tener pensamientos negativos.*

Suele decir esas cosas cuando habla con Patrick mientras curten pieles. A veces creo que me habla a mí, pero hago como que no escucho. Así piensa que estoy concentrado en las pieles, porque si piensa que escucho empezará a hacerme un montón de preguntas estúpidas que no pienso responder.

Patrick no responde casi nunca. Pero escucha de todas formas. Supongo que sabe que Padre está un poco chiflado por todo el tiempo que han pasado juntos curtiendo pieles y con mi Padre charlando sin parar.

Patrick no lleva mucho con nosotros. Apareció una primavera y dijo que quería quedarse. Casi se puso a pedir de rodillas porque entonces estaba escuálido y no tenía ropas calentitas. Salió de la montaña. Dijo que estaba en la planta energética de Wylfa, que huyó y nos encontró aquí escondidos. Suerte para Patrick, porque dos días más en los Rhinogs y habría muerto.

Pero Patrick también tiene suerte por otras cosas. Primero por venir en primavera. Porque si huye de Wylfa en invierno se congela seguro, y en cualquier caso, a quien viene con la nieve no le dejamos quedarse.

Ni de coña.

No después de esa familia de la ciudad que vino un invierno pidiendo y rogando.

En un mal invierno no te puedes permitir perder ni una patata. Esa familia se comió nuestra comida y luego murió igualmente. Al morir creo que Magda dejó el bebé en la colina porque vi sus pisadas en la nieve al día siguiente, pero no dije nada porque el bebé estaba hambriento y lleno de úlceras y lloraba sin parar desde que murió la mujer, y nosotros no teníamos leche ni nada que darle. Y menos en invierno. Un bebé enfermo por el que no puedes hacer nada te vuelve loco con sus lloros, hazme caso.

Después de eso, los mayores decidieron que nada de caridad. No en invierno. Si quieres quedarte, trabaja durante el verano para conseguir tu parte. Pero Patrick vino en primavera y se veía que tenía brazos grandes y fuertes, a pesar de ser un pellejo andante.

Al principio Padre quería saber todo sobre la planta energética y los problemas en los asentamientos. Pero Patrick no habla casi de su vida de antes. Eso es lo primero que debes saber de Patrick. Porque se ve en sus manos congeladas y en las arrugas de su cara que quiere olvidar todo eso. Patrick quiere transportar leña y cazar y curtir pieles. Nada más.

Pero escucha lo que dice Padre. Padre dice que el gobierno vuelve ciega a la gente haciéndoles vivir en casas frías y enanas y no ir a ningún lado sin papales y enviarlos a trabajar en plantas energéticas o minas de carbón aunque no quieran. Todo a cambio de un par de guantes y un puñado de leña. Supongo que al decir eso habla de Patrick.

Una vez oí decir a Patrick que después de las revueltas, cuando murió mucha gente, el gobierno consiguió aún más control y la gente empezó a enfadarse. Padre dice que si se enfadan es porque tienen miedo y se sienten culpables por las nevadas, y que mientras se sientan asustados y culpables y enfadados, y mientras sigan ocupados sacándose la nieve de encima, el gobierno seguirá maquinando. Y el gobierno tendrá el dinero y la comida y las medicinas y las llaves de los camiones y las líneas eléctricas y la energía, como siempre.

Padre dice que iba a ocurrir de todos modos y que lo que hay que hacer es vivir diferente, que el petróleo da igual, sobre todo porque ahora no somos tantos. La gente debe olvidar el gobierno y aprender a vivir diferente y así al final todos estaremos bien cuando las nevadas acaben.

Es por eso que guarda esa imagen del cuadro del que te hablé. Supongo que es la clase de ideas que lee en su libro, pero no son más que ideas así que no veo qué daño pueden hacer. Patrick dice que no tardarán mucho en venir a buscar a la gente con ideas de estas. Si seguimos aquí arriba por nuestra cuenta, dice Patrick, cada vez vendrá más gente desde los asentamientos, y eso al gobierno no le gustará. No le gustará un pelo.

No hacemos nada malo, pero si alguien como Geraint le dice al gobierno las ideas que tiene Padre, supongo que enviarán camiones enormes a buscarnos. Y como dice Patrick, entonces dará igual cuántos árboles pongas a crecer frente a la casa.

Me quedo frío sentado en el suelo. Ese pensamiento oscuro sobre Geraint chivándose de nosotros empeora cuanto más lo pienso. Vuelve a mi cabeza una imagen de sus dedos cortos y sucios. Entonces comienzo a recordar cómo Alice tuvo un bebé con él. Tenía catorce años.

Igual así es como Padre se sentía todo el tiempo.

Pero si voy a la granja de Geraint igual puedo colarme y darle lo suyo por chivarse de nosotros. Hacerle decir dónde está Padre.

Me pongo de rodillas y avivo el fuego. Pronto hay calorcito otra vez y me pongo la ropa. La dejé colgando de un clavo para que esté calentita y agradable. Una parte de mí quiere que me vaya pitando a mi guarida, pero sé que no puedo hacerlo. Todos no están y es la primera vez que soy el Número uno.

Enciendo una vela que hay encima del mantel. La cocina sigue igual. Las piedras del suelo gastadas por la puerta de la despensa, fregadas tantas veces que están casi pulidas. La enorme mesa de madera en la pared y las banquetas desperdigadas como si alguien se hubiera levantado de golpe. Incluso están las tazas y los cuencos a medio terminar. Una de las cucharitas que talló Padre al nacer los gemelos está tirada en el suelo, rota. Imagino lo que pasó. Llegan los camiones del gobierno y sacan a todo el mundo de casa antes de que acaben siquiera de comer.

Abro la puerta de la despensa. Nadie me regaña. *Aparta tus hambrientos dedos de ahí, Willo*. La despensa huele como siempre, a las cebollas que cuelgan del techo, al barril de mantequilla salada y a las hierbas y las patatas. A veces hay suerte y también encuentras liebres.

Según parece la gente del gobierno no tocó nuestra comida. Solo las cabras del establo. No han tocado el enorme saco de avena y sal. Solo se llevaron a las cabras y a la gente. Gente sin sus abrigos.

Puede ser por eso que Magda gritaba tanto ayer. Que te saquen de casa sin abrigo en esta época del año no es bueno. Pero se calló pronto. No vi nada porque estaba todavía junto al río. Solo escuché los gritos.

Igual los camiones los traen de vuelta, cuando vean que no hacemos nada malo.

Entonces ocurre algo terrorífico. Estoy en la despensa pensando en Padre y en todos, que van por ahí sin abrigo. Veo entonces una luz a través de las grietas de los tablones de la ventana. Algo pasa por delante. Veo una sombra que bloquea la luz durante un segundo. Después se aparta de la ventana. Todo muy rápido y sin ruido.

Apago la vela con un soplido.

No respiro.

Alguien ahí fuera.

Mi corazón va muy rápido. La sangre se agolpa en mi cabeza.

Escóndete. Resguárdate en un lugar oscuro. Y hazlo rápido. Quienquiera que esté ahí fuera, no tardará en entrar.

Perro siempre sabe qué hacer.

Hay una puerta que da al taller que está encima de la cocina. Me meto ahí deprisa porque sé que está oscuro. No sé si la sombra que he visto en la ventana va a entrar en casa o no.

No sé quién será.

Igual es un ladrón hambriento armado con un garrote. Un ladrón que va a colarse en casa siguiendo mi olor. Es por eso que Padre pone tantas tablas en las ventanas.

Mi cabeza se hunde en un pozo de miedo. Me siento como si caigo, como si no hay nada bajo mis piernas. Como si caigo sin parar en un oscuro mar de hielo.

Sube las escaleras, chico.

Perro está aquí para ayudarme porque doy tumbos en la helada oscuridad y no hay nadie para levantarme.

Entonces lo escucho. En la puerta.

4

No respiro para escuchar mejor. La puerta principal se abre. Pisadas en el pasillo.

Veo la habitación a través de las grietas de la puerta. Veo las brasas encendidas de la chimenea. Quien entre sabrá que alguien ha estado aquí. Igual capta mi olor y lo sigue hasta la puerta.

Solo he subido dos escalones.

Siento que se me van a salir las tripas del miedo, pero debo guardar silencio.

Pisadas hacia el otro extremo de la casa. Chirridos y golpes. Cosas rotas.

Subo lentamente más escalones, un sabor salado en la garganta, como de sangre.

Así, ¿verdad, Perro?

Sí. Sube tan rápido como te permitan tus larguiruchas piernas de humano. Tan rápido como puedas.

En el piso de arriba está el taller. Hay tablas amontonadas en un rincón y dos grandes cubas de metal para dejar las pieles en remojo. No hay luz, pero sé que está ahí. No miro mucho porque rápido me doy cuenta de que esta habitación es como una ratonera y que tengo que subir al desván, pero mi corazón va tan rápido y fuerte que casi no me puedo mover.

Me subo a una banqueta sin hacer ruido. No sé si llegaré a la trampilla porque no soy muy alto por lo de no tener madre. Pero la alcanzo, bien, el techo no es tan alto como pensaba. Abro la trampilla, me aúpo y me quedo colgando de ella.

Un dolor terrible en los brazos, igual se me desencajan. Entonces escucho ruidos en el piso de abajo. El desconocido está en la cocina y mientras yo colgando con los brazos doloridos y la respiración acelerada.

También se escucha respirar al extraño.

Lo imagino rebuscando por la habitación. La cabeza a un lado y a otro. Oliéndome. Mirando el fuego y los abrigos en el suelo.

Pensar eso me reactiva, hazme caso, y me impulso por la trampilla tan rápido como una rata desaparece por un agujero. Cierro la trampilla con mucho mucho cuidado. Apoyo la cabeza en el suelo, la respiración clavada en la garganta. Quien sea sigue rondando ahí abajo. Entonces se para. Lo oigo.

La puerta traquetea.

Oigo el picaporte de la puerta. Se abre.

A la persona que sube por las escaleras no le importa hacer ruido. Enseguida llega al taller. Ahora está justo debajo de mí. Tan cerca que le escucho respirar, aire dentro aire fuera, justo debajo de la trampilla. Está siguiendo mi rastro.

Oigo el chasquido de una yesca.

¡Chas!

Un rayito de luz entra por una grieta de la trampilla. Supongo que ha encendido una vela.

Y su voz…

Conozco esa voz.

Hazme caso.

Parece la de Geraint.

Busca cosas. Igual que un ladrón.

Pero no me busca a mí porque le escucho jadear y revolverlo todo. Está resoplando y jadeando ahí abajo mientras roba cosas. Las cosas de Padre. Tardó casi toda su vida en reunir todas esas cosas. No es fácil conseguir herramientas como las suyas y ahora Geraint va y las roba.

Pues yo no me he ido, Geraint. Sigo aquí. Estoy encima de tu cabeza y escucho cómo tus dedos cortos y sucios revuelven las cosas de Padre.

Estás metiendo tus dedos sucios en el cuenco de leche. Y si haces eso te la vas a ganar. Lo sabes. Eso lo saben hasta los niños.

No andes metiendo los dedos sucios en la leche, Willo. Si no, los gemelos se pondrán malos y te llevarás unos azotes.

Todo el mundo lo sabe.

Así que, Geraint, voy a darte unos azotes. Voy a por ti. Cierro fuerte los ojos, intento no pensar en lo que hace. Porque ahora no tengo miedo, estoy a punto de bajar ahí abajo con un cabreo enorme.

El granjero tiene una pistola y es el doble que tú. Quédate quieto en tu escondite. Ya irás a por él luego. Ya pensaremos en ello más tarde, cuando se haya ido.

Perro ha vuelto. Justo a tiempo.

Así que repito mis palabras. En mi cabeza. No como cuando estoy en mi escondite en Farngod. Ahora debo decir mis palabras sin hacer ruido, en silencio dentro de mi cabeza.

Liebres grandes, liebres pequeñas
Formad un círculo
Porque Perro va a contaros una historia
Sobre las colinas y los peñascos
Abrís agujeros en la nieve...

¡Chas! Abajo Geraint deja caer la vela, porque la luz se ha ido.

...Y os enterráis profundo
Al abrigo del viento y el águila.
Pero no me veréis
Con la trampa y el alambre...

Ahora Geraint está arrancando los tablones de la ventana.

Liebres grandes, liebres pequeñas
Formad un círculo
Porque Perro va a hablar...

Algo se cae. Escucho unas manos regordetas rebuscando por el suelo.

Geraint está ahí abajo metiendo sus dedos en la leche.

Pero me sé mis palabras de memoria, y repetirlas en mi cabeza me ayuda a no estar cabreado y no querer bajar.

Me ayuda mucho.

5

Pequeños rayos de luz entran por el tejado, mis tripas gritan de hambre y de sed. Debe ser por la mañana. Las manos tan frías que no las siento. Por suerte llevo el abrigo, si no me habría congelado.

Alguna vez tengo que bajar, Perro. Porque estoy escondido aquí desde que escuché a Geraint salir ayer de casa.

Abro lentamente la trampilla, centímetro a centímetro. Asomo la cabeza para mirar. Parece que un huracán ha entrado por la ventana y lo ha revuelto todo. Pero no es culpa del viento. Veo la caja de Padre, sus cosas desparramadas por el suelo. Páginas rotas de su libro, en ellas la enrevesada caligrafía de Padre. Bajo desde la trampilla al suelo. Luego bajo despacio la escalera. La puerta del fondo está abierta. Me quedo quieto y espero. Escucho. Luego sigo hasta la cocina. Vacía. Salgo al salón.

La casa está tranquila. Geraint no está, seguro.

Abro la puerta principal.

Hay un montón de nieve en los escalones. Ha nevado fuerte durante la noche. Una suave luz gris sale de entre las nubes. No quedan huellas en la nieve.

Necesito un Plan B. Tengo que irme de aquí. No me he puesto a pensarlo ni nada, pero en el fondo sé que necesito un Plan B. No hace falta que Perro me diga que no puedo quedarme en casa solo todo el invierno.

Todo este tiempo he pensado en un Plan B, pero sin saberlo. Es raro porque para tener un plan primero hay que pensarlo. Vamos, que no basta con agacharse y poner una trampa cuando quieres cazar una liebre. Hay que pensar adónde se dirige y seguir su rastro.

Voy a ir a la granja de Geraint. Hacer que ese viejo barbacana me diga qué pasa con Padre y los demás. Voy a colarme de noche y atarle a la cama. Y a decirle a Alice la clase de rata que es el padre de su bebé.

Siento dentro mucha prisa. Tengo que marcharme antes de que sea de noche y haga mucho frío. Así la nieve seguirá cubriendo mis huellas y tendré tiempo de hacer un refugio en la montaña. Debo tener cuidado, como dice Perro. No olvido que Geraint tiene pistola.

Como lo que puedo de la despensa y me bebo una jarra entera de agua de la sed que tengo. Luego me llevo el fogón y la tienda. Los saco del establo y los ato a mi trineo. Primera vez que puedo llevarme el fogón. Ese fogón nos acompaña en todos los viajes. Los mayores encontraron un camión viejo y con el metal hicieron el fogón. Va a ser raro llevarlo sin que Padre diga si puedo o no, o sin darme alguna charla sobre lo importantísimo que es. Pero supongo lo entenderá.

Subo arriba a la habitación de Padre. Voy al armario de Magda a por la caja de yesca. No te imaginas qué lío fue hacer esas pequeñas láminas carbonizadas de yesca. Magda lo sabe todo sobre hacer cosas y cuidar de sí misma. Siempre dice que aprendió de su abuela en un lugar llamado Polonia, en los viejos tiempos. Su abuela planta todos los años un enorme huerto de patatas y eso que tiene como cien años, y todos los años recoge las patatas del suelo y las cuelga en sacos dentro del sótano. Magda dice que su madre siempre escribía cartas diciendo, *Por favor, dile a Babula que deje de plantar patatas, te enviaré dinero*. Pero la abuela le dice a Magda, *Yo sé lo que es pasar hambre y seguiré plantando patatas hasta el día que me muera*. Y tenía razón, vaya que sí, dice Magda.

Magda guarda sus libros en ese armario. Algunos son interesantes, como ese que habla de las enfermedades que tiene una oveja si no la cuidas, si no le levantas la cola para ver si tiene gusanos o si le salen bichos bajo la lana o tras las orejas. Vamos, que las ovejas son como la mierda a las moscas, porque se llenan de gusanos solo con estar ahí quietas. O se caen por un barranco o paren en una zanja llena de nieve o algún otro problema, esas cosas dice el libro.

Aunque el libro de las ovejas no es tan bueno como *Robin Hood y la flecha de plata*. Lo saco del armario junto con la yesca. Todos aprendemos a leer con ese libro.

Una sensación triste se me mete dentro, ahí arrodillado en el suelo. Es por los olores de la cama de Padre y el rayo de luz que sube por la pared como cada mañana, porque Padre no está aquí roncando bajo las mantas ni tampoco Magda sonriéndome con un ojo abierto. Siempre se entera cuando te cuelas en el cuarto y quieres meterte en la cama calentita.

Me da mucha pena esta habitación porque ya no es hogar.

Termino de cargar el trineo. Tengo la tienda, el fogón, las trampas, dos abrigos de piel, una manta de piel de cabra, unas herramientas y un poco de leña. Todo cargado y cubierto con una enorme lona de cuero atada con fuerza para cuando la nieve y el viento empiecen a soplar. También tengo un paquete con toda la comida que puedo sacar de la despensa. Vuelvo al pasillo.

Perro me dice que me vaya ya.

Sigue dentro del pasillo. La vieja casa huele a madera y a humo y a gente. Primera vez que pienso en ello.

Nadie a quien decir adiós. Cierro la puerta y me siento muy solo. Salgo y avanzo bajo los árboles. Me alejo de la casa rodeado por los fuertes soplidos del viento. A cada nuevo paso siento que se me va a tragar la tierra. Hazme caso. Pero sigo poniendo un pie delante del otro. Adelante, adelante, adelante. Porque Perro tiene razón. Dice que tendré que luchar para conseguir que la tierra deje de tragarme.

Miro atrás desde el final del camino pero el viento trae una nube de nieve tan espesa que ya no veo la casa, así que sigo tirando de la cuerda que arrastra el pesado trineo y pronto el río y la casa y todo lo que llamo hogar queda detrás de mí. Mis ojos ya no están húmedos y dejo de pensar que ojalá mi madre no estuviera muerta en la nieve cuando yo era bebé y estuviera aquí para poner sus brazos en mí.

El viento te seca pronto los ojos. Hazme caso.

Espera tu momento, dice Perro.

Ojo por ojo, dice Perro.

6

Primera vez que el trineo resulta tan pesado. Es como arrastrar el cadáver de una cabra por la colina. Hazme caso. Los trastos que llevo se mueven cada dos por tres y me toca parar para atarlo y ordenarlo todo.

La nevada es tremenda y el viento es desagradable y sopla fuerte desde los picos de los Rhinogs. Pronto acabarán enterrándolo todo. Debo recordar que ya no tengo hogar. Estos trastos son lo único que tengo. Nunca se sabe cuándo los necesitaré.

Pero al mismo tiempo me siento como Scott del Antártico. Fue un gran explorador de otros tiempos, por si no lo sabes. Leí sobre él en el libro de Padre. Scott hizo un largo viaje por la nieve para encontrar el Polo Sur, también llevaba un trineo enorme lleno de cosas. Pero nunca volvió.

Se le conoce solo porque estaba un poco chiflado y todos los días escribía cosas sobre sí mismo en un libro. Incluso atrapado en la nieve y sabiendo que iba a morir, va y escribe en el libro. Y como lo sabe escribe *Última entrada*. Así sin más. Hay que ser raro para escribir *Última entrada* cuando sabes que vas a morir.

Lo gracioso es que no tenía por qué hacer ese viaje tan largo a pie, por la nieve y con ese trineo enorme. Lo hizo porque quiso. Se pudo quedar en su casa delante del fuego, pero no, eso es lo raro.

Pensar esas cosas me hace olvidar que en la montaña el mal tiempo cae sobre ti tan rápido como un águila. Se abalanza con sus afiladas garras. Y si no estás preparado tendrás problemas gordos. Pero yo lo sé y estoy preparado. No soy un ladrón sorprendido por una tormenta. Tampoco pienso escribir *Última entrada* en ningún libro. Padre siempre garabatea cosas en su libro, no sé para qué.

Parece que llevo horas tirando del trineo. El viento arrecia. Recoge la nieve fresca y la dispersa por la colina en grandes oleadas. Rasga las costuras de mi abrigo. Las siluetas de los peñascos y los barrancos se desvanecen entre la nieve, que cae sobre las cimas de las colinas. Si no levanto ya la tienda la tormenta va a matarme.

Cuando me quito los guantes para sacar la tienda el viento me muerde las manos. La lona del trineo se alborota con el vendaval. Tengo que usar toda mi fuerza para mantenerla quieta, levantar los postes y mover el trineo. Al final lo consigo y me meto bajo la lona con el fogón y un puñado de leña.

Me gusta el silencio de la tienda cuando entras después de una ventisca. Si quieres un consejo tengo dos: A, no olvides la yesca y un encendedor, y B, mantén la tienda seca y limpia. Sin eso nunca podrás encender un fuego entre el frío y la humedad. Hazme caso. Entonces te congelas y te mueres antes de darte cuenta.

Eso es algo que Perro no piensa, porque a un perro le

basta con menear la cola y hacerse un agujero en la nieve para pasar la noche. No enciende un fuego porque, como he dicho antes, un perro es un perro.

Se me ocurre que Geraint estará también afuera con esta nieve. Espero que no tenga yesca en su morral. Ni fogón tampoco.

Creo que la tormenta se quedará sobre mi cabeza durante unos días más. Tengo esa sensación. Pero tengo el trineo junto a la tienda, en la dirección del viento, y tengo suficiente combustible para aguantar mucho si dejo que queme despacito. También tengo comida y una manta calentita de piel de cabra para taparme.

Pero descubro que mi tienda no es tan sólida como pensaba, y cada vez que el viento sopla con fuerza la derriba y tengo que salir a arreglarla. Parece fácil cuando lo digo pero no lo es cuando has estado temblando bajo las mantas y tienes que salir a trompicones de la tienda y estás a punto de que el viento te lleve volando por la colina o de acabar enterrado en la nieve. Hueles la muerte aunque no quieras pensar en ella.

La nieve me golpea en fuertes oleadas. Se me mete en los ojos y por dentro del abrigo y cualquier movimiento se convierte en una auténtica lucha. Empiezo a gritarle al viento y a la nieve, y también a mí mismo, por no hacer que esa tienda sea más resistente. Si no te enfadas de vez en cuando, acabarás pisado o engullido o simplemente agotado.

Pero un rato después la nieve empieza a dispersarse lejos de la tienda. Siento una especie de paz ahora que solo es el viento quien retumba en mis oídos. Así que como un poco y me tapo con las pieles. Una risa muy fuerte se despierta dentro de mí. No sé por qué pero pienso otra vez en el tal Scott, pienso en él y en sus amigos y en su locura de viaje hacia el Polo Sur. No me dirás que no es gracioso. No es raro que no volvieran nunca del viaje estando todos tan chiflados.

Mientras siga teniendo una risa dentro estaré bien. La tierra no me va a tragar todavía. Unos días resguardado en mi tienda me darán el tiempo suficiente para pensar qué hacer tras la tormenta. Adónde ir y todo eso.

7

La tormenta se calla y por fin puedo dormir a gusto. Cuando me despierto y asomo la cabeza veo que la lluvia ha limpiado el cielo. Caen nuevos copos centelleantes.

Desde arriba puedes ver el lago Trawsfinid al otro lado de Farngod, allí está el valle donde Geraint tiene su granja. Allí voy. Pero antes debo ir a mi guarida en Farngod para recibir el poder y decir mis palabras. Hacer crecer al perro dentro de mí.

El camino hacia Farngod me llevará a través del desfiladero. Si el tiempo empeora otra vez no me alcanzará tan rápido. Guardo todo en el trineo y me paso la cuerda por el pecho. Mis tripas empiezan a rugir. Hambre. Me ato las raquetas de nieve y tiro de la cuerda para arrastrar el trineo por la nieve recién caída. Si te descuidas, con este viento helado te mueres seguro. Supongo que he tenido suerte de no congelarme aún. Aunque me pone triste pensar en el hogar bonito y seguro que ya no es hogar.

Atravieso el desfiladero pensando esas cosas, llego a una vieja casa enterrada en la nieve. Poca cosa, nada más que un par de ventanas atrancadas y un pequeño cobertizo de piedra al lado. Grito como hago siempre.

Al llegar a una casa, lo mejor es gritar para no llevarte sorpresas.

La chica me oye.

Aparece por una rendija de la puerta. Tiene los labios rojos. Lo que más se ve de ella, porque es pálida y flacucha. Su piel como una nevada. Me mira fijamente, sus labios rojos parecen una mancha de sangre en la nieve.

No esperaba encontrar a nadie en la casa porque es el lugar más triste que he visto nunca. No esperaba ver salir a nadie de un lugar que no tiene humo saliendo de la chimenea ni nada. La chica viste con harapos y lleva unos trozos de tela atados alrededor de los pies.

Me mira fijamente y cuando me acerco pone cara de susto. Olvido que llevo puesto mi cráneo de perro, así que igual piensa que soy una especie de hombre perro que viene a comérsela. Es lo que piensa todo el mundo. Siempre viendo peligro en las cosas. Yo también he sido así, así que no digo que sea raro. La chica se mete rápido en la casa y cierra la puerta.

—¿Y tu padre? —pregunto en voz alta, pero no muy fuerte para no asustarla.

La chica no responde, así que repito:

—O tu madre. Da igual. Padre o madre.

Sigue sin respuesta. Me acerco a la puerta.

—No soy un perro —digo—, es solo un cráneo. No te haré daño. Solo estoy de camino, pero tengo cosas en el trineo para tu madre o padre si me dan algo de comer.

Por qué digo eso no lo sé, porque basta mirar a la chica para saber que su madre y padre no tienen nada que darme.

Miro alrededor. Perro me dice que soy tonto por hablar tan alto de las cosas bonitas que tengo en el trineo. Me alejo un poco de la casa, cosa no fácil porque el trineo pesa mucho y no quiero volcarlo.

—No está aquí.

Es la chica. Dice algo a través de la puerta.

—No está aquí.

Dejo la cuerda sobre el trineo y me doy la vuelta.

—¿Tu padre no está, dices?

—Salió.

—Pues yo me voy, mucho frío para esperar.

—¿Puedes darnos algo de comida?

No sé qué decir porque no sé si hay más gente escuchando y este sitio empieza a ponerme nervioso. La niña escuálida y harapienta parece recién salida de la ciudad. Nunca he oído de nadie que viva en este lado de Farngod y si alguien vive tan cerca de nosotros, los barbacanas lo tienen que saber, seguro.

Saco el cuchillo del cinturón, muy firme y muy despacio. El viento levanta remolinos de nieve y los lanza contra la casa. Sigo hablando con la chica, ganando tiempo.

—No tengo comida —digo.

Entonces me acerco a la fachada, hacia donde está el cobertizo. Ahora está derruido pero antes parece que fue un granero. Pero de serlo fue hace mucho, ahora a las paredes se les han caído muchas piedras y el tejado casi no se sostiene.

Una pequeña abertura delante, una ventana. La cornisa enterrada en la nieve. Con la espalda en la pared y el cuchillo en la mano. El cuchillo que Geraint me dio, tiene un gran filo que sale directamente de la empuñadura y está hecho con metal chino así que puedo afilarlo fácil. Lo hago mucho. El cuchillo me hace sentir mejor aunque no sé qué habrá en ese granero. Igual la chica no está sola y su padre o alguien está esperando para apresarme. Los hambrientos no son buena gente. Hazme caso, lo he visto con mis propios ojos.

Pero tengo que mirar dentro, mi cabeza piensa a toda velocidad, me siento como en un cuadro de Brúguel en donde todo está por alguna razón.

—¿Tienes comida para mí y para el niño?

Oigo la voz de la niña que grita desde las grietas de la puerta pero no digo nada, me acerco al granero y miro por la ventana. Dentro está oscuro y el suelo cubierto de nieve que se ha colado por la puerta. Está oscuro y frío.

Entonces veo algo. En la esquina. Es una persona. Un par de pies huesudos que asoman bajo una pila de harapos, tiene los dedos negros.

Y los pies no están solos. Están unidos a un cuerpo.

Tirado sobre el suelo del cobertizo.

Retorcido.

Tiene un brazo hacia arriba, con los dedos asomando también entre los harapos. Según parece, un cadáver que tiraron al suelo sin más.

Saco la cabeza y me apoyo otra vez en la pared.

Mi corazón late como un tambor, hazme caso.

Otra vez la voz de la chica desde la casa.

—¿Tienes comida? Aunque sea un poquito...

Sigo apoyado en la pared.

—¿Y tu padre?

—Salió a recoger leña, hace ya dos días. Estoy esperando

que vuelva para calentar la casa y tener comida. ¿Tienes aunque sea un poquito? Solo somos yo y el pequeño Tommy, solo un poquito, por favor.

Escucho abrir la puerta y la chica asoma la cabeza, me mira. Junto a sus piernas hay un niño pequeño. Tendrá unos cinco años, igual de pálido y ojeroso que la niña, alarga una mano huesuda hacia mí mientras la nieve sigue cayendo a su alrededor.

—Comida —dice débilmente.

Entonces sé que están solos. Tienen el mismo color de piel que el cadáver del granero. Sé que su padre no va a volver.

Estos niños van a morir aquí.

—Quiero comida —dice el niño pequeño.

No lo soporto más. Este lugar no bien. Lo sé.

Ya puestos, ¿por qué no tiras la comida al viento? ¿Acaso pretendes amamantar a unos cachorros moribundos que ni siquiera son tuyos? Debes volver a tu escondrijo en Farngod antes que se haga de noche.

Perro me habla claro y despacio. Perro dice cosas con sentido.

—Quiero comida —dice el niño pequeño.

—Luego vuelvo —digo.

—No te vayas —dice la niña.

—Luego vuelvo.

Recojo la cuerda del trineo.

Los niños hambrientos me llaman con sus ojos hundidos y sus voces débiles, pero no les miro porque sé que no voy a volver y que tengo que alejarme de este lugar.

*

Ojo por ojo.

Me alejo y me alejo de ese cadáver putrefacto y de esos niños hambrientos que piden comida. Tiro con fuerza de la cuerda para arrastrar el trineo tan rápido como puedo.

8

Me enfado mucho con el trineo porque me golpea en los talones. Empiezo a sudar, cosa mala a este lado de la montaña. Si sudas, el viento te acaba congelando.

Me pongo a gritar. Sé que gritar no me ayuda. Probablemente hará que sude más, ya siento que empiezo a ponerme colorado. Pero cuando estás tan enfadado no es fácil calmarse, no basta con quererlo.

Es como tener un perro loco pegando brincos bajo mi piel, como andar sobre ascuas, ladrando y echando espuma por la boca. No se irá si no vuelvo a por esos niños.

Imagino que no es Perro quien me hace sentir así porque él es un perro listo y no echa espuma por la boca ni se vuelve loco en la montaña. No, es la clase de perro que se hace un ovillo para protegerse del frío. Un perro listo. Perro es bueno y listo. Hizo bien cuando dijo vete de esos niños que están congelándose y muriéndose de hambre con sus ojos oscuros y suplicantes. No son más que *pesos muertos*.

Debe ser un perro loco dentro el que ahora me dice volver. El perro loco que ahora me hace gritar al cielo y al suelo y al trineo y tener esta sensación tan fuerte.

Debo llegar a mi escondrijo en Farngod pero escucho voces retumbando en mi cabeza. Voces que me escupen con cada copo de nieve que se me mete en los ojos. Un perro danza sobre ascuas ardientes gritando como un lunático, pero no quiero escucharlo.

Mi trineo ya pesa bastante. Mi hambre ya es bastante. Pero lo único que el perro loco ve es esa niña y sus labios rojos.

¿Acaso pretendes amamantar a unos cachorros moribundos que ni siquiera son tuyos? Ya puestos, ¿por qué no tiras la comida al viento?

Qué bien que escucho a Perro hablar para tranquilizarme. No lo oiré si grito enfadado al cielo como antes. Perro es listo y hará que todo salga bien. Perro me dirá qué hacer. Igual muerde a perro loco en la cola y le hace rodar sobre sí mismo acobardado como hacen los perros cuando aparece otro más grande y más fuerte. Perro es así de sensato.

Si te preguntas cómo sé tanto de perros, te diré que es sobre todo por observarlos. Porque a veces en verano, tras el deshielo, me escondo detrás de una roca en la colina y miro si alguna manada de perros establece allí su campamento. Debo estar en dirección contraria al viento, quieto y callado y todo eso. Pero una vez que estoy bien escondido detrás de una roca, si puedo me paso el día entero mirando a los perros. Hay que conocer a los perros porque es imposible cazar uno si no sabes cómo se mueven ni cómo es eso de ser un perro.

Hay veces que cuando los miro deseo ser también un perro.

Pero en una manada siempre hay un perro al que muerden y hacen perrerías y solo se queda con la peor parte de la caza, y yo no quiero ser ese perro débil a no ser que un día sea grande y fuerte y listo y se la devuelva a los otros perros. Entonces no importa ser el perro débil. Porque a veces el perro alfeñique tiene un carácter interesante. El perro alfeñique busca trucos y artimañas todo el tiempo para ser también fuerte.

Nunca intento cazar un perro alfeñique. No solo porque probablemente tenga mordiscos de perro en la piel, esa no es la razón, aunque es buena. Si no lo cazo es porque necesita una oportunidad para hacerse grande y enseñar algún día a su manada lo que es capaz de hacer.

Quiero una pistola para así cazar fácil un perro. Cuando Geraint nos dejó empuñar su pistola a Alice y a mí, sentí una sensación muy fuerte de querer disparar a todo lo que se mueva. Poder disparar a quien sea si me apetece. Así de fácil. Pum. Pum. Pum. Y piel de perro a montones.

Le pregunto a Padre por esa sensación y él se ríe muy fuerte y se lo cuenta a Patrick. Patrick también ríe mucho, así que debe ser algo gracioso lo que digo aunque no sé por qué.

Entonces Padre me cuenta una historia de los viejos tiempos. *Que esto te sirva de lección*, dice. Pero en realidad era una buena historia, no un sermón. La historia es de mucho antes de que el mar se helase. Entonces podías navegar hasta América porque no hacía frío. Ahora casi la mitad de América tiene nieve como nosotros, pero a nadie le importa ya América, dice Patrick, ahora todo el mundo mira a Oriente.

Pero mucho antes de eso la gente cruzaba el mar hacia

América porque América tenía un montón de colinas hermosas y ríos y bosques y además vivía muy poca gente. Había praderas llenas de hierba y un montón de animales enormes con un pelaje grueso y calentito a los que llamaban bisontes. Los que vivían en América antes de que todos cruzaran el mar se llamaban indios y se sentaban detrás de una roca con una lanza o un arco y flechas para vigilar a los bisontes. Los indios tenían nombres graciosos como Jefe Toca las Nubes y Jefe Perro, así que me interesan mucho. Estos indios seguían a los bisontes porque sus casas eran como tiendas de campaña que se llamaban tipis. Seguían a los bisontes por las praderas y mataban uno de vez en cuando. Los bisontes les daban la ropa y los tipis y la comida que necesitaban sus familias, suerte para los indios estar rodeados de tantos.

Pero entonces llega la gente desde el mar. Traen pistolas. Y cuando la gente con pistolas ve a los bisontes por ahí comiendo hierba se ponen como locos. Ellos no tienen que sentarse detrás de una roca ni vivir en un tipi para cazar uno. Le disparan y ya. Disparan, disparan y disparan y disparar se convierte en un juego, dice Padre.

Y entonces un día se despiertan y las praderas están cubiertas de bisontes muertos pudriéndose al sol. Y ese es el fin. No más carne ni piel ni cuero. No más bisontes.

Seguro que los americanos matarían por tener ahora todos esos bisontes, dice Patrick.

Esa es la historia que me contó Padre. *Esa es la verdad sobre las pistolas*, me dice Padre.

Supongo que esa es la lección porque las lecciones siempre son sobre cosas que quieres hacer, pero que resultan estar mal. Aun así quiero una pistola. Solo que ahora sé que debes tener cuidado y no volverte loco si tienes una.

Creo que si el perro loco de mi cabeza tuviera pistola dispararía a todo lo que se mueve. Incluso a la nieve y el viento, incluso puede que a él mismo. Pero creo que el perro loco está durmiendo ahora.

Debo estar cerca de Farngod. Voy por el oeste de la montaña y supongo que pronto veré el anillo de rocas. El anillo de rocas parece una corona de espinas, dice Magda. Pero nadie haría una corona con espinas. Y las chicas, menos. Como mucho hacen coronas de flores en verano. Al menos esas son las cosas que hacen en la reunión de Barmuth. A veces Magda dice cosas raras.

Padre dice que las rocas son viejísimas, más viejas que escribir y que los libros y las coronas. Rocas enormes que salen del suelo como dientes. Puestas en círculo. Padre dice que están hechas de hace tanto tiempo que probablemente la gente que lo hizo ni siquiera tenía nombre.

El cielo oscurece por el oeste. Debo encontrar un sitio donde plantar la tienda y encender fuego. Debo beber algo caliente o de tanto sudar me congelaré pronto. Acabaré más helado que esos niños del desfiladero.

Aunque siempre tengo suerte. Porque ahora que estoy perdido y que la noche se acerca, veo un recoveco al final de la cuesta.

Es un aerogenerador roto que todavía conserva un aspa. Me paro, me quito la cuerda del hombro, me enderezo. La nieve cae con fuerza y es difícil ver pero creo que he llegado a un parque eólico. Veo las torres derruidas hacia el norte, y sobre el peñón está ese aerogenerador roto tirado en el suelo.

Ver un aerogenerador, especialmente uno que todavía conserva sus aspas, es algo impresionante, hazme caso. Como un pájaro enorme que acaba de caer del cielo.

El trayecto final hacia lo alto es la parte más dura del día. La colina es muy pronunciada y la nieve muy profunda.

No queda nada dentro del aerogenerador, supongo que vinieron ladrones hace tiempo. Por mí bien porque así me puedo meter dentro. Hasta el trineo cabe dentro, por eso digo que tengo suerte. Con la última luz del día hago un túnel de entrada en la nieve y pongo a funcionar el fogón. Aquí dentro casi tan calentito como en una casa.

Me siento cómodo y a gusto. No tendré que preocuparme porque el aerogenerador se derrumbe o los perros entren. Será una buena noche para pensar el Plan B un poco más. Me preparo un lecho calentito y me arremeto bien. Hasta que el fuego se apaga puedo ver lo que hay escrito dentro del aerogenerador, en lo alto. Dice *NewVista Energy* en letras negras.

Me hace pensar en las cosas de los viejos tiempos de las que hablan Padre y los mayores. Dicen que los parques eólicos se hicieron para crear energía, pero que dejaron de funcionar con el frío porque las aspas no giraban bien. La gente pensó que el gobierno hizo bien construyendo los parques eólicos, pero dejaron de funcionar y ahora son ruinas en lo alto de las montañas. Patrick dice que debían hacer más plantas nucleares como la de Wylfa, y es raro que lo diga porque él huyó de allí. Igual tienes razón, dice Padre, porque entonces no sería ANPEC quien tendría todo el dinero y la energía. Pero Padre tampoco piensa mucho en eso. Debemos cuidar de nosotros mismos, dice. Quiero que Padre esté aquí para preguntarle más sobre esas cosas. Padre tiene respuestas para todo.

Pero no está.

Tengo una sensación mala, siento que soy una piedra en mitad del lago Trawsfinid que se hunde lentamente en las aguas negras y nadie sabrá que estoy allí porque una vez que la piedra se mete bajo la superficie ya no sale más.

Hazme caso, tengo mucho miedo de estar tumbado en lo oscuro dentro de este aerogenerador, solo, pensando que soy una piedra que se hunde en el lago.

9

El perro loco se mete en mi cabeza otra vez.

Deben de ser las cuatro de la mañana. Esa hora en la que los pensamientos dan más miedo.

Avivo el fuego. Debo hablar con Perro pero las piedras grises que son sus ojos me miran frías, distantes. Golpeo su huesudo cráneo. Por qué no muerdes a ese perro loco en la cola, le pregunto. Por qué no le haces callar.

Estoy cansado, chico. Déjame descansar.

Pero te necesito, Perro.

He dicho que me dejes descansar.

El perro loco se pone muy excitado al ver que estoy despierto a esta hora tan mala. Casi baila de alegría.

Dime, Perro, ¿qué voy a hacer?

Pero Perro cierra los ojos y se duerme. Sin más.

El perro loco me va a matar, lo sé.

Me hace pensar de nuevo en esos niños hambrientos.

Está ahí parado ladrando porque no quiere dejarlos al frío y al hambre sin madre ni padre ni nada. Perro loco vive como si siempre es verano y siempre mucha comida y no para de ladrar y de tirarme de la manga. No va a parar.

Acuérdate del lebrato, dice.

Una vez que volví al cepo que había puesto encontré un lebrato bajo la liebre. Era muy pequeño pero ya tenía los ojos abiertos. Estaba ahí indefenso con las orejas encogidas, el tacto suave y sedoso, la piel sonrosada. Sentado ahí con su madre estrangulada por la soga. Le caía un poco de sangre del hocico, sobre la nieve. Eso es lo que me recordaba la niña de los labios rojos. La sangre en la nieve y el joven lebrato asustado y encogido cuando fui a recogerlo.

Desde entonces pongo los cepos más tarde, para que críen.

Me llevé al lebrato a mi guarida en Farngod pero era demasiado pequeño y murió de todas formas. No puse su cráneo en un palo. Lo enterré por ahí. No se lo dije a nadie. Me dio mucha pena, hazme caso.

Igual el perro loco no está tan loco. Igual es esa madre liebre. Debo volver a por esos niños, porque si no la liebre y el perro loco volverán noche tras noche hasta que sea demasiado tarde y al final me dejen majareta.

Debo recoger a esos chicos y llevarlos junto a los tendidos eléctricos en cuanto mejore el tiempo. Dejarlos en la carretera. Un camión del gobierno pasará por ahí porque mantienen las carreteras bastante limpias bajo las torres de alta tensión, incluso en esta época del año. Después supongo que el camión del gobierno llevará a los niños a la ciudad, de ahí supongo que vienen. No son más que niños después de todo, no han hecho nada malo. Y no tengo que desviarme mucho.

Sale la primera luz. A Padre no le hará gracia saber que dejo la tienda y el fogón y todo lo demás en el aerogenerador, pero no voy a arrastrar el trineo arriba y abajo de la montaña pesando como pesa, como una roca. Me hará falta llevar el trineo porque esos niños no están listos para un largo camino por la nieve. Ni hablar. Es una táctica peligrosa, lo sé, porque nunca sabes cuándo va a cambiar el tiempo. Pero no tengo elección. Además, Padre, no estás.

Me guardo unas tortas de avena en el bolsillo. Llevo también la yesca y el encendedor.

Fuera no hay mucho viento pero debo andar con cuidado porque aunque llevo raquetas la nieve es profunda. Bajar la montaña, bajar hasta el desfiladero y bajar hasta esa casa que huele a muerte donde está la niña escuálida de los labios rojos. Debo ser rápido si quiero llevar a esos niños de vuelta a mi campamento en el aerogenerador antes de que se haga de noche o acabaré tan hambriento y congelado como ellos. Otra cosa para tener cuidado es no perder el rumbo, porque la nieve es una manta que hace iguales todos los caminos.

Ahora entiendes por qué digo que el perro loco intenta matarme.

Mis pies me llevan colina abajo sobre la profunda nieve, se ve bien. El viento deja de soplarme en las orejas cuando llego a la ladera de la colina. Cansa un montón cuando el viento no se decide, cuando ahora te quita la capucha y luego se queda tan quieto que no se mueve ni el agua.

Por toda la colina la nieve se despliega en los riscos y las cañadas. El cielo gris toca las cimas y no sabes dónde terminan las colinas y dónde empieza el cielo. Pero ese cielo gris para un poco el frío, cosa buena.

Tirando del trineo me abro camino como puedo por el desfiladero. Tengo sensación de cansado y derrotado. Estos últimos días mi estómago no ha estado lleno ni caliente. Y algo me resuena dentro. No tengo costumbre de ser Número uno, esa es la verdad.

Los picos de los Rhinogs crecen desde los valles, levantándose por encima del mar. Primero estás perdido en los brezos cubiertos de nieve al borde de un peñasco y de pronto subes alto y ves el mar extendiéndose, desde Harlech a Barmuth. Asombra.

Así que me gusta cuando me deslizo entre las escarpadas rocas al fondo del desfiladero y sigo la colina. Paro cuando rodeo el acantilado.

Ahí está. La casita ruinosa. Sigo el camino con cuidado recordando esos dedos negros que asomaban bajo los harapos. Me pregunto cómo llegó allí ese cuerpo y quién lo puso ahí y un montón de cosas desagradables que me hacen querer dar la vuelta. Pero todo está tranquilo, todo bien. Sigo bajando el desfiladero y llego a la casa.

Tengo una sensación rara. No me gusta ese lugar. Ni un pelo. Estoy contento de no ser esos chicos que están ahí a su suerte. Se pondrán como locos al verme. Seguro.

Llamo a la puerta.

Grito que soy yo, que traigo comida.

Espero durante un rato que se me hace muy largo. En la casa ni un ruido.

Llamo otra vez. Siento como que alguien me observa y eso no me gusta.

—Soy el del trineo —digo—. Dije de volver con comida para tu hermano y tú. No mentí. No os dejaré aquí.

Junto a la puerta hay una ventanita atrancada con tablones y me acerco. Igual puedo ver algo desde ella porque sigo sin escuchar nada.

Pero cuando voy a mirar por una de las grietas de los tablones algo llama mi atención. Abajo en la nieve. Bajo la mirada y mis ojos siguen las pisadas. Van hasta el otro lado de la casa. Donde está el cobertizo.

Y mientras sigo las pisadas levanto la cabeza y le veo.

Su cabeza asoma por un extremo de la casa. Parece que acaba de oírme. No está contento de verme porque se ve que está ocupado. Tiene el hocico rojo y sucio.

¡Ese hermano hambriento te va a matar, chico!

—¡Déjame entrar! —grito a la puerta.

El maldito perro no se mueve, pero lo hará. Está gruñendo. Es grande y ancho de espaldas, de un color negro cada vez más gris.

Sale del otro lado de la casa y se coloca ante mí, con la cabeza firme y baja. No le doy miedo, está claro.

Un perro grande y hambriento con sangre humana en el hocico.

—¡Eh, chica, soy yo! ¡O entro o me come el perro!

El perro sigue gruñendo y da un paso adelante. Nuestros ojos se cruzan. Durante ese momento parece que solo hay un túnel oscuro entre nosotros. Su saliva salpica la nieve mientras sale un rugido de sus hambrientas tripas. Su mandíbula hace un chasquido. Boca abierta. Dientes al aire. Los ojos llenos de una aterradora furia.

Me atrapará en dos segundos.

Un crujido en la nieve, una perra que avanza sigilosamente por la fachada de la casa.

—¡Déjame entrar!

Pelos erizados. Suelta un gruñido que me hiela la sangre. Parece que los perros hablan entre ellos de cómo apresarme y el terror estalla dentro de mí y fluye por mis piernas.

Entonces, milagro, la puerta de la casa se abre.

No pienso. Me meto y punto. El perro se lanza rabioso y aterriza en la nieve donde estaba yo segundos antes.

La puerta se cierra detrás de mí.

El perro se lanza contra la puerta y empieza a arañarla furioso, escucho los arañazos al otro lado de la madera. Mi pecho se hincha y deshincha a tanta velocidad que igual me desmayo.

—No vas a hacernos daño, ¿verdad?

Está tan oscuro que ni siquiera veo a la chica.

Huele mal aquí dentro.

La niña sigue parloteando. Mi corazón late tan rápido que igual me desmayo en este lugar frío y oscuro y húmedo. Me alegro de no poder ver esa cara pálida y escuálida durante un minuto o dos. Pronto se calla.

Entonces me recupero un poco porque tengo que pensar qué hacer, qué hacer con ese perro malo que ronda por ahí y del que solo me separa una tabla de madera, con el sabor a carne humana en los labios porque seguro que se ha alimentado del cadáver del granero.

—Estoy aquí —dice la niña ahora más tranquila, una mano pequeña me agarra de la manga—. Los perros están fuera, ¿verdad?

—¿Tienes una vela? —pregunto.

—No sé cómo encenderla. Solo mi Pa sabe.

La chica me tira de la manga y ando a trompicones detrás de ella. Esta casa es tan fría y oscura como estar bajo una piedra congelada.

—¿Y tu hermano?

—Durmiendo.

La chica busca algo a tientas en la oscuridad.

—Ten —dice y su mano corre por mi manga hasta ponerme algo en la mano. Es una vela.

Me arrodillo sobre el suelo helado y saco el encendedor del morral. Con él prendo un trozo de yesca y enciendo la vela.

La luz dibuja poco a poco la habitación, parpadeando. Es una habitación pequeña y la ventana está cubierta de hierba y de ramas detrás de los tablones para mantener fuera el frío. Pero no están bien puestos y hay palos y hierbajos tirados por el suelo. Estoy acuclillado delante de una pequeña chimenea.

Hay piedras ennegrecidas donde antes hubo fuego, pero no es reciente porque el hollín está empapado. Hay una montura de piel en el suelo y una vieja silla de madera en una esquina, mirando a la pared.

Junto a la chimenea hay unos estantes medio caídos que no tienen nada salvo un libro grande. Bajo la estantería hay una pila de harapos y de hierba seca y debajo una manta y un bultito. Es el hermano, seguro.

Pero no se mueve. Lo veo enseguida. Está de cara a la pared. Está tirado como un pez muerto que flota en el agua, tieso.

La niña sigue mirándome. Mi aliento sale como niebla. No puede ver a su hermano muerto e inmóvil porque la luz de la vela le molesta en los ojos.

—Comida. Dijiste que traerías comida para mí y para el niño.

Entonces es cuando se da la vuelta hacia el bulto que hay bajo la manta.

—Tommy. Ha vuelto, Tommy.

Se mueve raro, como cuando tienes tanto frío que casi no puedes andar. Se acuclilla y zarandea lentamente al niño, pero pronto para.

Se queda mirándolo fijamente con los dedos apoyados en el cuerpo del niño, pero no veo su cara.

Después se da la vuelta hacia mí, con el pelo largo y enmarañado. Una mano escuálida sale de su manga harapienta. La mirada perdida.

—Has dicho que traías comida.

Abre la mano.

Tengo un trozo de torta en el bolsillo y se lo doy para ver qué hace, ella lo coge y vuelve con su hermano muerto bajo la estantería y entonces se mete con él bajo la manta, de cara a la pared.

—¿Cómo te llamas? —digo.

Pero ella no responde.

Entonces se escucha mucho ruido fuera, gruñidos y forcejeos, igual son los perros peleándose por el cadáver del granero. Eso es lo que hacen los perros hambrientos.

Si hay un perro alfeñique se llevará una buena.

Yo no soy un perro alfeñique, pero tengo un problema de los gordos porque debo salir de este lugar de muerte y frío para volver a mi campamento, pero estoy rodeado por una manada de perros hambrientos que han probado carne humana y también tengo una niña. Una niña acurrucada junto a su hermano muerto, que se come mi comida sin decir palabra. Ojalá Magda está aquí porque ella es buena con los niños y sabe qué decir y esas cosas. Yo paciencia, poca.

Tengo una sensación que es enfadada y triste a la vez. No es mi culpa que su hermano esté muerto. Ayer no podía llevarlo porque estuve a punto de no poder subir la colina con el trineo. Y con dos críos, ni pensarlo. Igualmente, la sensación es como cuando la cría de la liebre murió en mi guarida en Farngod y eso no me gusta. No me gusta un pelo.

10

La manada debió de oler el cadáver podrido del granero. Se les ve muy hambrientos, porque si una cosa sé de los perros es que no se comen nada que lleve muerto varios días si no están muertos de hambre. A ellos les gustan las presas vivas, mejor débiles y enfermas porque así cazarlas es fácil, pero vivas.

Y ahora los perros me han visto y olido y también a la chica y seguramente a su hermano, así que no tienen prisa por irse de aquí. Los perros son muy pacientes cuando están hambrientos. Un solo perro es cosa fácil porque acaba recordando cómo debe comportarse ante un humano. Pero cuando hay más de uno, cuando el perro tiene una manada, captan tu olor y entonces no eres más que un trozo de carne para ellos.

Esperarán.

Pero esperar a mí no me viene nada bien. Debo pensar algo para salir de aquí. Junto a la puerta hay una ventanita atrancada. Es demasiado pequeña para que entre un perro. Me asomo para echar un vistazo fuera.

Que pueda ver hay dos perros frente a la casa. Uno está

hecho un ovillo y el otro se está limpiando. Tienen una mano. Está tirada en la nieve.

Me aparto de la ventana y me siento frío. Si vieras la mano ensangrentada de una persona tirada en la nieve también sentirías frío en el fondo del estómago, hazme caso.

Creo que esta manada son medio lobos a juzgar por el perro Número uno que intentó atraparme antes. Los perros lobo no están tan encariñados con la gente como un perro normal. Si les entra hambre o prueban la carne humana más te vale no encontrarte con su manada en la montaña.

Eso ya no puedo evitarlo pero tampoco me voy a quedar aquí lloriqueando. Eso es lo que hizo Alice cuando se quedó preñada. Encerrarse en el piso de arriba a lloriquear y a pensar en lo ocurrido.

No hay nada que pensar, Alice, le grito desde la puerta. *Solo tienes catorce*. Pero Alice no sale aunque Magda dice que va a preparar té y a ver qué puede hacer para *solucionarlo*. Pero Alice no quiere pensar en eso, no quiere solucionarlo, así que ahora tiene el bebé y vive con Geraint.

Pues esto sí tengo que solucionarlo. Debo pensar rápido y con cabeza. Cuanto más tiempo pase, los perros se volverán más hambrientos y astutos.

Miro por el agujero. No es una manada grande, solo un perro y una perra y según veo unos cachorros del verano anterior. Lo único que puedo hacer para alejar a esos perros es encender fuego. A los perros les da miedo.

—Debemos salir de aquí —le digo a la chica.

Ella no se mueve ni dice nada pero sé que me escucha. Rompo la vieja silla y con las ramas y los hierbajos que hay tras los tablones de la ventana hago unas antorchas atando unos fajos de ramitas en la punta de las patas de la silla. Mientras lo hago dejo de pensar en la niña y su hermano.

Voy hacia la puerta y me asomo otra vez. Ahora el perro grande me oye y se acerca dando brincos y escucho sus patas golpear la pared exterior, así que retrocedo a toda prisa. Oigo sus gruñidos. Los otros también se acercan.

Mi trineo. Está delante de la casa. No puedo recuperar el trineo si tengo que jugarme el pellejo con una manada de perros y conseguir que la chica y yo escapemos. Ni hablar.

Eso me desanima.

¿Qué voy a hacer sin trineo? Escucho un nuevo golpe en la puerta. Todo ha salido mal. Perro me lo dice. *¿Acaso piensas amamantar a unos cachorros moribundos?* Me lo dice mil veces pero no le escucho porque el perro loco o la madre liebre o quien sea se me apareció en la noche y me hizo bajar hasta aquí pensando en la chica y en su hermano, solos y hambrientos y congelados.

La chica dice algo.

—Tommy —dice—. ¿Tommy? El chico ha vuelto. Debemos ir con él.

La chica está otra vez activa y eso está bien porque va a tener que ayudarme. Aunque parece un poco chiflada por hablar con su hermano cuando sabe que está muerto.

—Tommy no va a ninguna parte. Tommy está muerto igual que estaremos tú y yo si no somos listos. Pero tengo un plan, saldremos de aquí. Solo quedas tú y he venido desde muy lejos para buscarte sin escuchar lo que me dice el perro de mi cabeza. Lo he hecho, así que ahora tienes que ayudarme. O eso o acabarás tan tiesa y tan muerta como tu hermano.

Eso digo y me parece bien. Patrick dice que hablo bien y claro. Me dice cosas así cuando andamos juntos por la montaña. Patrick es más hablador cuando está a solas, pero casi nadie le deja hacerlo. Dice que puede confiar en mí porque no sé mentir.

En cualquier caso creo que le he dicho a la chica muy claro todo lo que debe saber. Lo único que quiero es que se levante de una vez de debajo de esa manta.

Pero la chica no se mueve. Incluso después de lo que he dicho sigue ahí quieta. Así que la levanto del brazo, parece que se va a romper si tiro demasiado fuerte. Pero ahora la tengo de pie y está muy tiesa con los ojos cerrados tan fuerte que tengo que abrirle los párpados con los pulgares.

—O vienes o te quedas a morir con tu hermano —le digo—. Tú misma.

Me arde la barriga preparándose para la pelea que vamos a tener con los perros así que de paciencia nada. Esta niña estúpida sigue sin darse cuenta de lo que tengo que hacer para sacarla de aquí.

—¡Voy a perder mi trineo por tu culpa! —grito enfadado.

Fuera los perros me escuchan y se alborotan un poco. No está mal que me escuchen enfadado.

—¡VOY A PERDER MI TRINEO POR TU CULPA!

La zarandeo.

Entonces la chica abre los ojos.

—¿Y Tommy?

No pienso responder preguntas estúpidas como esa.

—Súbete a mi espalda. Ahí fuera hay un puñado de perros hambrientos así que tenemos que asustarlos con fuego para salir de aquí.

La chica me mira fijamente.

—Tienes que agarrarte bien a mi espalda y vigilar. Si se acerca un perro le asustas con esto.

Le enseño la antorcha que he hecho y la ondeo para que entienda lo que quiero decir.

—Mary.

—¿Qué?

—Me llamo Mary.

—Pues tenemos que irnos, Mary. ¿Has entendido lo de subirte a mi espalda y asustar a los perros?

—Sí.

—Bien.

Me acerco a la chimenea, alcanzo el libro grande que hay en la estantería y rompo las páginas para encender un fuego. Las páginas son muy finas y están arrugadas.

Este es el libro de las generaciones de Adán.

Eso dice en la primera página que arranco. Parece una buena historia. Si Magda me ve romper las páginas de un libro se enfada muchísimo seguro porque esas cosas no le gustan nada, y si se enfada ya puedes tener cuidado, hazme caso.

Pero esto es diferente porque tengo que encender un fuego, Magda. No tengo elección. Creo que si la cosa es NO SEGUIR VIVO o QUEMAR UN LIBRO PARA SEGUIR VIVO, todo el mundo quemaría el libro. Porque el libro solo es una idea, eso es lo que dice Patrick. Una idea está bien pero no es lo mismo que seguir vivo. Padre siempre me dice de hacer mis lecturas y esas cosas porque me hacen más humano que hablar con el cráneo de Perro, y también dice que a veces tengo que elegir. ¿Pero qué tengo que elegir?

Hay que seguir vivo, ¿no?

Patrick dice que hay gente que muere por sus ideas y también dice, Willo, no soy una de esas personas que mueren por una idea y la razón es que los hombres son malos y sus ideas también. Nunca sabes lo que están pensando en realidad; dales un trozo de cuerda y antes de que te des cuenta fabricarán una soga para estrangularte.

Eso es exactamente lo que me dijo, lo recuerdo muy bien. A Patrick le da igual si me ve rompiendo el libro. Es o los perros o yo. Y no voy a ser yo, te lo digo desde ya. Los perros hacen cosas de perros y los hombres hacen cosas de hombres y no están pensados para mezclarse, porque cuando lo hacen no hay más que problemas. Cada uno tiene que respetar al otro. Lo mismo con los libros y las ideas y esa clase de cosas de las que hablan los mayores. Lo primero es seguir vivo.

—¿Cuántos perros hay? —pregunta la chica.

—Unos seis.

Se queda callada pero se agacha y recoge una de mis antorchas.

—Muy bien —digo—. Agárrala bien y si un perro se acerca le atizas en el hocico. Sin miedo. Solo son perros, tenlo en cuenta porque los perros huelen el miedo y eso les azuza y les da hambre.

La chica asiente ligeramente.

El pequeño fuego del papel centellea durante un segundo y da un brillo cálido que alegra un poco esa habitación deprimente y tenebrosa. La chica supongo que siente lo mismo porque se acerca al fuego para absorber un poco de calor como si fuera el primer día de verano. Seguro que hace mucho tiempo la gente se sentaba frente a una hoguera para leer ese libro sobre Adán, todos contentos y tranquilos, sin ventanas atrancadas ni perros rondando por ahí. Me pone triste pensar eso.

Tengo que encender rápido las antorchas antes de que el fuego se apague. En momentos así tienes que ir adelante, adelante. Nada de pensar o se te mete el miedo en la barriga y las piernas te flaquean.

—Sube a mi espalda —digo a la chica.

Me agacho, es tan ligera como una pluma. Tose porque la habitación ya está casi toda llena de humo.

Debo enfrentarme a la manada.

—¿Lista?

—Sí.

11

La luz del exterior me ciega unos segundos.

El perro grande da un salto. Se sorprende cuando me ve gritar al cielo y ondear las antorchas. Tengo que hacerme grande y fuerte y enérgico para que los perros lo sientan. Los cachorros se dan la vuelta con el rabo entre las patas al ver cómo me convierto en un furioso dios del fuego. El perro Número uno tiene que enseñarles por qué es el Número uno, así que aprieta fuerte los dientes.

No tardará en caerme encima con su hocico sucio y rojo. Lo sé. Retira los labios y veo otra vez sus dientes cubiertos de sangre y saliva.

Se acerca rápido como una flecha.

Meneo la antorcha hacia él, la chica chilla a mi espalda.

—¡Agárrate fuerte, Mary!

El perro grande aúlla y cruza la nieve como una violenta centella. El corazón me grita correr pero me quedo quieto. La perra Número dos aparece por detrás, astuta y taimada.

La chica grita y se balancea, me agarra fuerte con las piernas y casi me quita el aliento.

El perro grande se mueve en círculos, con ruidos secos,

busca mi punto débil. Me lanzo hacia delante. Él se balancea hacia la izquierda pero embiste contra mi brazo. La perra se acerca, la chica escuálida que llevo a la espalda le ha despertado el apetito. Debo andar con ojo para que la perra no me cace.

Ondeo la antorcha y formo un centelleante arco de fuego. Golpeo con ella a la perra en un costado. Olor a pelo chamuscado. La perra tropieza y aúlla. El perro grande da un salto hacia ella y me encara. Pero he herido a la perra y ataco de nuevo.

—¡Ahí abajo! —grita Mary otra vez.

Un alfeñique lleno de dientes se acerca rápido y directo como una lanza. Intenta clavar los dientes en la pierna de la huesuda Mary pero solo consigue morder sus harapos. Empieza a tirar de ella, Mary grita, contraataco con la otra antorcha, pero el peso del perro y de la chica me hacen perder pie.

Me quedo arrodillado y rodeado por la manada.

Pero no me van a atrapar. Hoy no.

Golpeo al alfeñique con la antorcha. Estoy tan cerca que puedo mirarle directamente a los ojos. Están vacíos.

La perra hace otra embestida pero esta vez siento una furia que me sale desde dentro. La furia me hace fuerte y me levanto del suelo. La perra salta, yo levanto la antorcha.

Este es el libro de las generaciones de Adán.

La pata de la silla con la que hice la antorcha está afilada.

Se clava sin esfuerzo entre los hombros de la perra.

La hago girar y la perra cae al suelo con las patas retorcidas, suelta un gemido fuerte y agudo.

El perro grande se detiene al verla caer. Ahora hay sangre de perro en la nieve.

Grito las palabras que me enseñó el perro bueno. La manada se reúne junto a la perra muerta. La desgarran. Están tan hambrientos que se comen entre ellos. Los perros jóvenes se pelean por el cadáver.

Es nuestra oportunidad.

El perro Número uno no tiene claro qué pasará si me ataca, así que retrocede unos pasos. Pero no tardará en volver. Lo sé.

—Sigue vigilando —le digo a la chica, que gimotea y se agarra a mi espalda como una ardilla.

La nieve es bastante profunda pero no me hundo gracias a las raquetas. Miro atrás. El perro grande se lanza hacia nosotros, cubierto de nieve hasta el pecho.

—¡Corre! —grita la chica.

Llego a un paso estrecho entre dos rocas y dejo una de las antorchas. ATRÁS PERRO PORQUE TENGO FUEGO.

Pero no le detendrá mucho tiempo.

—¡Corre! ¡Vienen todos!

Es la chica quien chilla. Me golpea la espalda como loca y grita corre, corre, muy alto, como si soy sordo.

Pero si corro seré la presa.

Tengo que enfrentarme porque soy el hombre.

Y el perro debe entender que soy hombre y por eso debe hacer lo que yo diga, no al revés. Tiene que quedarle algo de perro dentro. Todavía no es lobo del todo.

Cuando me doy la vuelta en el paso lo veo venir ansioso, surca la nieve, los otros atrás con los hocicos manchados de sangre. La chica grita como loca pero la empujo hacia atrás. Después me agacho, me cubro como una liebre. Saco el cuchillo del bolsillo y fijo la mirada en el perro grande.

Tiene restos atigrados en la espalda. No es malo. No quiero matarlo, pero si no escucha...

Tengo fuego, perro. Tengo fuego y manos y raquetas de nieve y he matado a tu compañera como puedo matarte a ti. Así que atrás, déjame pasar. Déjame pasar.

Pero sigue viniendo. El hambre de sus tripas le nubla la cabeza. Es entonces cuando me levanto sobre mis piernas de humano y alzo la antorcha aún encendida y camino hacia a él. Y se lo digo otra vez.

Y entonces el perro Número uno se detiene.

Parece que sus tripas con hambre me escuchan.

Porque soy un hombre.

Se asusta, agacha la mirada, entonces sé que he ganado y le digo bien alto:

—Déjame pasar.

Entonces el perro recuerda lo que su madre le enseñó y se asusta y esconde su rabo atigrado entre las patas.

Es un perro, no un lobo.

Subo otra vez a la chica a mi espalda y corro.

Y corro y corro y corro. Aún no estoy a salvo, no hasta llegar al parque eólico. Respirar duele, pero debo correr.

Miro la cornisa que se alza sobre nosotros, no hay perros acechando, ni rastro. Eso me anima. Siento las manos de Mary apretadas en mi cuello, frías y huesudas. Caminamos muy alto sobre el desfiladero. Me paro a tomar aliento. Desde la ladera grito al cielo.

Un grito por mi victoria.

—¿Estamos a salvo? —susurra la chica.

—Sí —digo.

Porque ya no estoy preocupado. El fuego de mi interior me llevará colina arriba antes del anochecer. Hazme caso.

Grito con fuerza hacia los perros y las colinas y cualquiera que esté ahí para escucharlo.

—Tommy no viene, ¿verdad?

—No —digo—. No viene.

12

Los Rhinogs se vuelven rojos y naranjas a mi espalda mientras el atardecer se extiende por el cielo desde el este.

Sobre mi cabeza veo elevarse el Farngod, y al fondo las torres del parque eólico. Avanzo hacia la cornisa más oriental, hacia el aerogenerador roto. El sol cae muy rápido en esta época del año y la noche llegará pronto.

La chica gime un poco. La bajo de mi espalda. Me cuesta soltar sus manos de mi cuello porque las tiene muy frías y rígidas. No se mueve. Tiene los labios azules y la piel color cera. Con las últimas fuerzas que me quedan la meto dentro del aerogenerador y me tumbo agotado.

Sé que debo mantenerme despierto pero la calidez del sueño me embarga y ya todo me da igual, solo quiero dormir y dejar de correr. Hundirme en la tranquila oscuridad. Flotar en la negrura de la noche con las estrellas. Intento abrir los ojos y levantarme pero el cansancio me puede. Flotan imágenes en mi cabeza. Empiezo a pensar en las estrellas y en el cielo infinito, no hay nada más allá. Ese pensamiento gira y gira en círculos en mi cabeza porque no tiene principio ni final.

Un día del verano pasado cazando en Farngod, Padre y Magda se tumbaron juntos bajo las mantas al lado de unos brezos y nos quedamos mirando el cielo. Un cielo negro y grande con un montón de puntitos de luz como los de ahora y recuerdo que les dije eso de que el cielo no se acaba y ellos se rieron, y Magda dijo, *La fuerza está con este obi wan* con una voz graciosa y todos nos reímos, aunque yo no entendí la gracia. Pero me gusta cuando se ríen y no discuten sobre árboles que crecen bajo la puerta ni por Alice ni por Dios. Magda dice, A lo mejor el mundo no es más que una mota de polvo en el bolsillo de un gigante y ahí fuera hay todo un mundo de gigantes del que no sabemos nada. *Piénsalo, Willo*, dice. Y yo lo pienso.

No te duermas.

No quiero abrir los ojos. Quiero quedarme aquí soñando en la oscuridad con el corazón latiendo en el pecho y el sudor secándose y los hombros doloridos de cargar con la chica por la colina. No sé si es el perro bueno o el perro loco, pero algo en mi cabeza me está tirando de la manga y diciendo que me despierte. Debo encender el fogón porque la chica está muriendo de frío a mi lado.

Y parece que Magda también me está zarandeando para que despierte. *Piénsalo, Willo.*

Intenta decirme algo pero no consigo oírlo.

Despierta, Willo. Aún no es momento de dormir.

Me incorporo. No es Magda que habla, solo la chica gimiendo. Miro su cuerpo huesudo, tiembla y respira muy débil. Debo hacerla entrar en calor, no la he sacado de su casa para que ahora se muera. De eso nada. Tiene la ropa mojada por la nieve así que se la quito con cuidado y la seco.

Sin esos harapos parece como un gusano en un charco. Pálida y flacucha. Y cuando la tapo con la manta parece como un trozo de hielo que absorbe el calor de mi cuerpo y me gusta porque no quiero que muera como el lebrato.

—Mary. No es bueno dormir y soñar con estrellas, debes despertar y echar un trago. No es más que frío, Mary.

La chica mueve un poco las piernas, como un calambre, parpadea un poco. Debo calentarla poco a poco y hacer que beba algo caliente.

—Mary. Estás bien. No hay perros. No duermas otra vez porque es malo.

—Pa —murmura.

—No soy tu Pa. Yo te saqué de la casa, ¿recuerdas?

—¿Tommy?

—No, tampoco Tommy.

En realidad no tengo mucho que decir a una chica. Y estoy muerto de cansancio. Pero no debo dejarla dormir.

Así que le recito el poema que Padre siempre me cuenta de pequeño. Lo tiene escrito en su libro. Sé todas las palabras de memoria.

"Salí al avellanedo, porque me ardía la mente; corté y pelé la rama de un avellano y enganché una baya a un hilo. Y cuando las polillas alzaron el vuelo, y las estrellas parpadearon como luciérnagas, dejé caer la baya en una corriente y cacé una pequeña trucha plateada."

—¿Te gusta, Mary? Te gustará cuando despiertes del todo. Te lo cuento otra vez si quieres. Mary, ¿me oyes? Digo que te gustará cuando despiertes.

—¿Están volando las polillas, Pa?

Aún tiene los ojos cerrados, pero se pondrá bien, ya habla.

—No soy tu Pa pero te pondrás bien, Mary. Dime más preguntas si quieres.

—Tengo frío.

—Te pondrás bien.

—Si no eres Tommy, ¿quién eres?

—Soy Willo.

—Willo —lo repite suave—. Yo soy Mary.

—Lo sé —digo—. Habla más, Mary, porque es bueno, y después te preparo una bebida caliente y te entrará bien y derretirá el hielo de tu estómago.

—¿Tengo hielo en el estómago?

—No es hielo de verdad, es frío, pero la bebida caliente te pondrá bien y después dormirás calentita y a salvo.

—¿Y mi Pa? ¿Y Tommy?

—Hablamos de ellos mañana —digo—. Tú mira el fuego y habla conmigo y a lo mejor te cuento otra vez la historia de la trucha plateada.

No te aburriré con lo que dice. Casi me duermo con eso porque estoy cansadísimo después de un día así. Es duro pensar que solo unos días atrás estaba en casa con Padre y Magda y los otros, pero ahora todos no están. No están. Ni idea de dónde, ellos tampoco saben de mí.

Ahora tengo a Mary. Aunque solo es una chica hambrienta y molesta que se va a comer mi comida y a pesarme en la espalda, sabe quién soy y dónde estoy, así que no me siento tan solo. No la conozco, pero me hace sentir bien.

Los ojos se me van cerrando mientras lo pienso.

Cuando despierto al amanecer, Mary sigue dormida. Pero viva. Hecha un ovillo. Voy a hacerle unas ropas calentitas con un abrigo viejo. Si no, se congela.

Pero no voy a meter el hocico y hacerle mil preguntas. Ya verá. Conmigo va a estar bien. Si Magda ve cómo cuido de bien a esta niña, contentísima seguro.

Mañana iremos a mi guarida en Farngod, y entonces la llevaré a la carretera bajo los tendidos eléctricos. Los cables van desde Wylfa hasta la ciudad. Siempre pasan camiones. Imagino que podrán llevarla de vuelta.

Después de trabajar un poco en su ropa salgo al exterior. El sol brilla. Brilla tanto que duelen los ojos. Detrás de mí veo todos los Rhinogs y la escarpada masa blanca del Farngod enfrente. Increíble cuánta nieve ha caído esta noche.

—¿Estás ahí? —dice la niña desde dentro—. ¿Dónde estás, Willo?

—Fuera.

—¿Hay perros? —pregunta.

—No. Solo tú y yo.

—¿No hay perros?

—Que no, ya estás a salvo. Voy a entrar, te he hecho unos guantes. ¿Quieres verlos?

—Sí.

Me arrastro dentro y ella está sentada, comiéndose mis bayas.

—Te he hecho un par de guantes calentitos y arreglado el abrigo de Magda para que ya no tengas frío. Mira. Lo he hecho todo yo mientras dormías.

Ella estira la mano y le enseño los guantes. Sé que no son una obra de arte, solo piel de conejo cosida, pero son calentitos.

—Son mágicos —dice la chica mientras los toquetea.

—Y mira, también he arreglado el abrigo. Calentito y agradable. ¿Te gusta?

Se pone el abrigo, ahora tiene las mejillas un poco rosadas. Me alegro, ayer estaba como la cera y casi muerta. Le paso el abrigo por la cabeza, ella levanta sus escuálidos brazos y se ríe un poco. Yo también. El abrigo le queda enorme, parece un conejo gigante. Me despierta dentro una risa muy grande. Primera vez que río en mucho tiempo.

—Gracias —dice y aunque no es más que una niña delgada como un palo, me hace sentir listo y útil.

—Puedo hacerlos mucho mejor con más tiempo —le digo.

—Pues para mí son mágicos. Nunca antes he tenido guantes de piel, nada hecho con piel —entonces me mira muy triste—. ¿Mi Pa va a volver?

Es lo único que piensa.

Me encojo de hombros.

—Mi Pa… —se para un momento—. Vinimos juntos a la montaña, montados en el poni. Pa es jinete y dijo que íbamos a plantar avena y cazar animales hasta primavera. Acampamos junto al río, al norte de aquí, cerca de los cables.

—Entonces sois ladrones —digo.

Pero ella no escucha.

—Allí Tommy estaba contento. Y Pa encontró la casita. Estaba fría pero hicimos fuego en cuanto encontramos leña. La mujer quería volver. *Callum, quiero volver a casa*, decía. Siempre queriendo volver.

—¿Adónde?

—A la ciudad, ¿adónde crees? Y la comida se acabó y nos comimos al poni y mi Pa solo hablaba del barco que iba a cruzar el mar. Y Tommy se puso malo.

—¿Por qué no fuisteis a los cables a esperar un camión? Los veo pasar bajo las torretas. Camiones del gobierno.

Mary me mira muy seria.

—Pero querrán ver los papeles de Pa y sabrán que se llevó el poni. Y si volvemos a la ciudad… ¿cómo vamos a encontrar el barco allí?

Rebaña el cuenco con la cuchara pero ahora se ha quedado callada, pensando en su padre, imagino.

—¿Qué barco? —digo.

—El barco que nos llevará.

—En la montaña no hay barcos.

Otra vez se calla.

—No puedo comer con todo esto puesto —dice y se quita los guantes—. Pero gracias por hacerlos.

—No es nada.

—Ojalá Tommy tuviera un abrigo así. Entonces no habría muerto de frío, ¿verdad?

—No sé —digo.

Igual está muerto por no tener comida ni padre, pienso. O igual tenía bichos malos dentro, quién sabe.

—¿Crees que los perros habrán llegado hasta él? —dice con los ojos muy abiertos.

Quiero decir sí, porque es verdad, porque se van a colar en esa vieja casa y a desgarrar su carne muerta, hambrientos. Pero miro hacia otro lado y avivo el fuego.

—Llegarán, ¿verdad?

Me encojo de hombros otra vez.

Mary se tumba, se tapa la cabeza con el abrigo y calla. Imagino que lo sabe. La miro de reojo. Tengo que pensar porque mi plan es llevar a la chica a la carretera y dejarla allí, pero si tiene razón sobre necesitar papeles y todo eso ya no lo tengo tan claro.

Puedo encontrar a una liebre corriendo y preparar buenos cepos, puedo hacerlo hasta en sueños y hay muchas otras cosas que puedo hacer mejor. Pero de papeles y camiones y gente de la ciudad, ni idea.

—¿Mary? ¿Mary?

—Quiero a mi Pa.

Mary llora otra vez.

Salgo afuera porque esa es otra cosa de la que ni idea. Ni idea de niños que pierden a su Pa y a su Tommy.

El mundo es un lugar que da miedo, con un montón de cosas desagradables, pero casi no lo he visto. Ni siquiera he visto la ciudad. Incluso esta niña que está dentro del aerogenerador ha estado allí. Padre vivía antes en el Gran Londres y dice que es un lugar enorme. Pero tampoco lo he visto, solo sé lo que dice. Londres está muy lejos siguiendo los cables y yo he nacido en la montaña, pero él vino aquí en la época de los problemas, antes de que la nieve fuera tan profunda que solo los camiones del gobierno podían pasar por ella.

Vino aquí mucho antes de eso, porque vio inviernos muy largos y sin comida y decidió no volver. *Cómo será ahora, Padre*, le pregunto siempre, porque de verdad me gustaría saberlo.

Padre dice, *Será horrible, Willo*. Con toda esa gente mala y mezquina por las calles, que ya era mala y mezquina antes de que la comida dejara de llegar en grandes camiones. Ya era mala y mezquina cuando había agua caliente y energía que salía de las paredes, dice Padre.

Parece que el Gran Londres no era tan grande antes de la nieve y de los problemas, pero Padre dice que no estaba mal. Solo que las cosas malas estaban acechando, escondidas bajo tierra como la hierba que espera a que llegue el verano. Pero no eran cosas buenas, como la hierba, sino malas. Hambre, maldad y furia, *el instinto animal* de la gente como dice Padre.

Y algo de razón debe tener porque he visto gente hambrienta y como ya he dicho es mejor no encontrártelos si tú tienes comida y ellos no. Padre buscó este sitio porque dice que nadie quiere acercarse a las montañas, aunque la gente se queda a vivir aquí así que algo bueno tienen que tener.

Sé que tiene razón al ver todas esas casas abandonadas que hay en la colina. *La gente de la ciudad tiene que aprender*, dice Padre, pero Patrick no está tan seguro. Según él los de la ciudad no quieren venir a estar solos en la nieve, lo que quieren es ir a China, y también dice que mejor así, porque si vienen no habrá suficiente montaña para todos, y será lo que él llama una anarquía. Vamos, yo no sé quién tiene razón pero veo que si Patrick se queda aquí con nosotros eso quiere decir algo, ¿no?

Reconozco que tengo muchas ganas de ir a la ciudad desde que Geraint dijo que allí consiguió su pistola. Algún día iré por los cables hasta Manchester, o puede que hasta el Gran Londres. Cuando encuentre a Padre.

Pero ahora mismo tengo que pasar otra noche con esta chica triste y sacarla de Farngod por la mañana. Igual la llevo a mi guarida antes de bajarla a los cables.

También le preguntaré más sobre los camiones y los papeles. No quiero que se meta en líos después de todo lo que ha pasado. De verdad que no.

13

—Eres la primera persona que viene a mi guarida. Nunca la he enseñado.

Mary parece incómoda con la mochila a la espalda y el abrigo que es enorme, aunque se lo até por la mitad para que no le entre el viento.

—¿Vas bien con la mochila? Porque no voy a ir parando.

—Estoy bien —dice, y levanta el pie para ver su raqueta.

—Basta deslizar los pies. Pronto aprenderás.

—¿Las haces tú? —pregunta.

—Esas son de Magda, pero yo también puedo si quiero. Es fácil.

—¿Cuánto queda?

—Aún queda, así que haz lo que digo y ve con calma para no cansarte. ¿Vale?

—¿Adónde vamos?

—A los cables. Allí podrás subir a un camión de vuelta a la ciudad.

Mary calla.

—Pero yo no quiero volver a la ciudad —dice después.

—Es lo que hay, allí es donde te llevo.

No sé por qué las chicas siempre hablan y hablan. Pero yo ni caso, me asomo por los riscos. No se lo he dicho pero quiero ir rápido porque por la noche oí aullar al perro lobo. Con el sol sobre la nieve no tardarán mucho en poder subir la colina.

Preparé una mochila para Mary con comida y otras cosas, y también un trineo con un trozo de metal del aerogenerador para mí. Ya sabes que perdí el bueno en la casa, pero no vale la pena enfadarse por eso. Con eso puedo cargar con la tienda y el fogón y otras cosas pesadas. El resto lo llevo a la espalda.

Alrededor, las torres del viejo parque eólico se alzan muy altas sobre la nieve. Parecen gigantes rotos. Veo sus aspas porque el cielo está azulísimo, infinito y brillante.

Un cuervo vuela y grazna sobre nosotros. Me hace pensar en esos dos cadáveres en la casa de Mary, me siento mal porque pudimos ser nosotros, destripados por la manada de ese perro grande con el hocico rojo.

Seguro que el cuervo está esperando a que se vayan los perros. O eso o espera a que Mary y yo caigamos al suelo. Ver cuervos volar solos por el frío cielo me hace pensar que va a ocurrir algo malo.

Mary se porta bien, sigue andando sin decir ni pío. De momento. Hay sombras azules sobre la nieve, que hace daño en los ojos porque centellea bajo el sol como un millón de estrellas. Cruje bajo nuestros pies. Mi respiración resuena en mi capucha y siento el calor de mi cuerpo ascender por el cuello de la chaqueta.

Primera vez que paso tanto tiempo a este lado de Farngod. Debo ir hacia el este. Allí está mi guarida. Se la voy a enseñar a alguien, y me emociona, de verdad que sí, cosa rara porque nunca antes he querido enseñarla.

El pequeño valle se abre entre dos rocas y desemboca en una pendiente. A lo lejos, el anillo de rocas.

—Falta poco, Mary.

La chica se para y mira el valle.

—No quiero volver a la ciudad —dice.

No le hago caso. El cuervo sigue volando en círculos. No nos está siguiendo, cosa buena, pero no sé yo los perros. Cuando el cuervo baje hacia el desfiladero sabré que los perros están otra vez en marcha y que él irá a por huesos y entrañas. Es un pensamiento desagradable. El cuervo es como una especie de señal.

Dejo que Mary descanse. Debe de ser mediodía. Hemos andado mucho. Suerte que el sol se ha ido y no hay viento, si no le costaría mucho seguir porque es escuálida como una rama sin hojas.

—¿Cuánto queda? —pregunta.

—Unas tres horas. Hasta que el sol se acerque a ese pico de allí.

—Los perros aún no nos siguen, ¿verdad?

—No creo —digo.

—Pero los escuché por la noche. No nos siguen, ¿verdad, Willo?

Entonces miro de otra forma a la chiquilla flacucha porque ha escuchado a los perros por la noche igual que yo.

—No, aún no nos siguen —señalo el cuervo—. Cuando desaparezca habrá que correr.

La chica mira hacia arriba. Sé que está muy asustada, pero disimula.

Me cuelgo la mochila y recojo la cuerda del trineo.

—Sin prisa y sin pausa, Mary. Para qué asustarse y sudar —le digo—. El cuervo sigue volando. Por ahora todo va bien.

14

Llegamos al tramo empinado de la cañada. Parece que no hay salida pero conozco el camino y no voy a quedarme atrapado en el suelo pantanoso que hay bajo el hielo. La guarida, cerca.

Salimos del paso. Hacia el norte está el valle Afon Eden cubierto de nieve, y más allá está el lago Trawsfinid, congelado. El atardecer lo pinta de naranja y plata. Abedules a cada lado, sombras en la orilla, más allá la oscura vegetación de la plantación de coníferas.

—Bonito, ¿eh? —digo.

La chica está muerta de cansancio, pero mira. Mira el lago un rato, respirando fuerte por la subida.

Detrás nuestra se alza un muro de piedra en un costado de la colina. Arriba entre los peñascos está mi cueva. Bloqueo la entrada al final del verano.

—Venga, Mary, hay que escalar y refugiarse o pillarás frío —digo mientras arrastro mis cosas hacia las rocas.

—Me vas a llevar igual a la carretera, qué más te da.

Se enfurruña como un niño pequeño. Debo recordar que no es más que una cría.

—¿Qué años tienes, Mary? —pregunto.

—No te lo digo.

—¿Cuántos?

—Trece.

—Pues actúas como una niña de seis, porque si no dejas de quejarte y no te metes dentro te vas a morir congelada.

Sé que va a subir, solo necesita un poco de tiempo para parecer que ha sido idea suya. Bastante tengo con las cosas que debo cargar por las rocas.

—Nunca he enseñado este lugar antes, Mary. Tú la primera.

Eso le hace girar un poco la cabeza y veo que empieza a hacerlo idea suya y a levantarse.

—Venga, Mary, por aquí escalarás más fácil.

Muevo las rocas que siguen apiladas en la entrada y me deslizo dentro. Olor a humedad y a tierra y a cabra en la nariz. No hay viento en la cueva. Tengo esa sensación mágica y especial como siempre que entro aquí.

El suelo está cubierto de excrementos de cabra porque antes vivían aquí cuando estaban asilvestradas. La cueva es mucho más grande de lo que parece desde fuera, pero ya no hay cabras.

Mary trepa por las cornisas de hielo del lateral de la roca. No me habla pero luego le enseñaré los túneles. Y el espíritu de la montaña. Le gustará, creo.

—Tengo frío —dice.

—Espera. Tengo que traer las otras cosas.

Escalo por los peñascos con todas las cosas que llevo arrastrando por la colina. Ella se queda en la cornisa mirando.

—Espera, Mary, pronto encenderemos fuego, hay un montón de excrementos de cabra para quemar.

Mary se desliza a través de la rendija en las rocas apretando las manos contra las frías losas de piedra gris que se levantan por encima de nosotros. La nieve se ha colado por el suelo del estrecho pasadizo formando unas montañitas. Está tan oscuro que cuesta ver hasta que no llevas un rato dentro. El techo sobre nosotros a oscuras. El suelo cubierto de excrementos de cabra que ruedan bajo los pies.

—Hooolaaaa —mi voz rebota en las profundidades de la cueva.

—¿Por qué haces eso?

—Es mi cueva. Hago lo que quiero.

Está empezando a molestarme.

Me agacho y hago fuego. Mary se acerca. La luz rebota contra las grietas y surcos de las rocas. Más allá se alzan cornisas al final de la cueva. Llevan a los túneles.

—No me gusta —dice.

Ella no es la única con frío y cansancio.

No es la única sola en la montaña.

—A descansar entonces —digo.

—Pero mañana me vas a dejar en la carretera, ¿no?

—Duerme, Mary.

—Pero eso harás, ¿no?

—A descansar. Mañana mucho camino.

—Eso harás, ¿no?

Cierro los ojos. Y punto.

15

Cuando despierto está oscuro fuera. Lo veo por la rendija entre las rocas. Viene un poco de luz del fuego que bailotea por los muros de la cueva. El techo resuena sobre nosotros y grito otra vez.

—¡Hoooolaaaaa!

—¿Qué...? —grita Mary, da un brinco.

—¿Lo oyes, Mary?

Esta cueva lleva aquí desde el principio de los tiempos. Sus frías paredes negras de roca no van a ninguna parte. Igual que un viejo sentado en una silla que sabe que está bien y no tiene preocupaciones. Con una larga pipa en la mano, viendo corretear a los niños y discutir a los mayores y caer la nieve por la ventana. Eso es lo que pienso.

Me hace sentir a gusto y como en casa estar otra vez aquí arriba. Conozco cada rincón de este lugar.

El humo de la chimenea se enrosca en la oscuridad, agitado de vez en cuando por una corriente de aire. Mary se sienta a mirar el fuego. Está cansada y es pesada como un bebé pero tengo que enseñarle algo.

—Venga, Mary —digo—. Voy a enseñarte mi secreto.

—No quiero ir.

Se le da muy bien enfurruñarse.

—Bueno, no voy a hacerte ir porque da mucho miedo. Quédate aquí.

No sé por qué quiero que vea mi escondrijo. Pero quiero. Tampoco creo que se ría cuando diga mis palabras. Casi todos se ríen cuando lo hago, porque tengo que decir mis palabras en mi guarida. Mala suerte si no lo hago. Por eso es secreto.

Tengo una vela. La escondí aquí en verano. No me siento orgulloso de robarla de la casa pero la necesito para encontrar el camino por los túneles. No es más que un trozo de sebo humeante, pero si la pido, Magda querrá saber para qué y todo eso.

—¿Adónde vas? —dice Mary.

—Por ahí arriba —señalo la negrura al fondo de la cueva.

—Bien, pues voy contigo.

—¿Ya no tienes miedo?

—No, no tengo miedo —se pone de pie pero sé que tiene miedo porque la cueva es grande y oscura y ella no es más que una niña y no quiere que la dejen sola.

—Pues entonces sígueme.

Enciendo la vela y me dirijo hacia las sombras. Subo por un saliente, Mary trepa detrás de mí. Las duras piedras me rozan las rodillas y nos deslizamos sobre la pizarra. Escalamos bien alto hacia el fondo de la cueva. Las frías paredes de piedra parecen cerrarse en torno a la diminuta llama de la vela como una manga.

Ni un ruido aquí dentro. Solo nuestra respiración. Nos sentamos un rato en un saliente de la roca en la negrura.

El fuego centellea debajo nuestra.

—Venga, por aquí —levanto la vela.

Los túneles parecen bocas negras y abiertas. Me adentro en la oscuridad.

—Tengo miedo —dice Mary.

Pero me sigue porque no tiene elección. El suelo está seco y arenoso, los túneles son bajos y a veces anchos y a veces estrechos.

Los túneles hacen curvas y serpentean. Aparecen nuevos huecos en las rocas. Los veo con la vacilante luz de la vela.

—Tengo miedo —Mary alarga una mano ansiosa en la oscuridad.

—Tranquila, estamos cerca.

No voy a agarrarle la mano a nadie solo por un poco de oscuridad.

Ella gimotea pero no he mentido, casi estamos. Un poco más y verá mi guarida. El espíritu de la liebre saltará dentro de ella y ya no tendrá miedo a nada.

Pero entonces Mary se pone a mi lado y me agarra del brazo, mala idea porque al hacerlo me tira la vela que se cae al suelo y se apaga. Sin más.

Entonces se queda callada como un muerto.

—Esto no es inteligente —digo.

Todo está negro.

Mary se aferra a mí como una lapa.

Es mejor no pensar qué hay en la oscuridad si no estás acostumbrado a ella.

—No llores, Mary. No nos hemos perdido.

Prendo la yesca y, créeme, la llama que sale de esa vela de

sebo después de tanta negrura es como un fuego ardiendo en una chimenea.

—Pensaba que íbamos a quedarnos perdidos aquí para siempre —dice Mary.

Camino lentamente hacia delante con la pequeña luz.

—Ya.

—Espera. Por favor —alarga una mano temblorosa.

—Pero si ya estamos.

Me arrastro a través de un hueco entre las rocas y me pongo en cuclillas, justo en mitad de mi guarida. Mary se queda inmóvil como un recién nacido para el que todo es nuevo.

A nuestro alrededor está el espíritu de la liebre. Los perros danzan por la pared de la cámara allí donde los he dibujado con un palo carbonizado. En el medio un gran cráneo de liebre clavado a un palo, mirándonos con las piedras que tiene en las cuencas de los ojos. Tengo en palos todos los cráneos de liebre, conozco todos y sé dónde las cacé. La liebre grande que cacé el verano pasado tiene piedras en los ojos igual que el perro porque quiero cazar las liebres más grandes así que debo mostrarle más respeto que a las demás.

Al principio me emocioné mucho cuando tuve la idea de ponerlos todos aquí pero ahora no me pongo a danzar ni a chillar. Perro me enseñó a hablar suave y a mostrar mis ofrendas. Decir mis palabras. Es una orden.

Ahora es como si no es mi idea. Es como si tengo que hacerlo o me quedo sin magia.

Mary me agarra la mano con la suya fría. Esta vez no digo nada, solo me estiro para dejar la vela en un saliente de la roca. Entonces estoy listo para decir mis palabras. Como siempre toco primero la liebre grande. Cierro los ojos.

Come la hoja.
Come la hierba.
El sol calienta
En primavera.
En lo alto de la colina,
No conseguí cazarte,
Liebre grande,
Con el cepo y el alambre.
No conseguí cazarte.
Entra en el círculo
Y a través de él
Lo verás todo.
Entra en el círculo
Y a través de él
Lo verás todo…

Es un momento de calma, de calma de verdad.

—El espíritu de la liebre entra en ti cuando dices las palabras —digo a Mary—. Y no somos los primeros. Mira.

Señalo hacia el techo. Ella gira la cabeza sin soltar mi mano.

—Debes subir a mis hombros con la vela, Mary.

—No quiero, me da miedo.

—Debes.

Le doy la vela y cierro sus dedos alrededor de ella. Luego la subo a mis hombros.

—Ahora levanta la luz y lo verás.

—Ya lo veo.

—¿Lo ves todo?

—Atrás un poco. Sí, ahí está. Hay liebres, hay dos liebres

en pie una al lado de la otra. Y eso es una cabra grabada en la roca. Y un ciervo con sus cuernos y una bestia con los hombros anchos y peludos.

Mary mira el techo cubierto de líneas y de manchas como si es una pradera de hierba llena de animales. No soy la primera persona en venir aquí. Entrar en esta cueva te llena de magia, hazme caso.

—¿Ves las manos?

—¿Las manos?

—En la pared. Alguien puso la mano y pintó alrededor, ¿eh? —digo—. Imagino que son las manos de la persona que dibujó esto. Como si fuera su firma.

—Es mágico.

—He encontrado más cosas aquí.

—¿Como qué?

Se baja de mis hombros. Le enseño el pequeño peine hecho con un hueso y el brazalete de piedrecitas. Los guardo en un saliente.

—Mira, no somos los primeros en venir aquí.

Mary parece muy asustada.

—Pero ahora no hay nadie más, Mary.

—¿Cómo lo sabes? —dice.

—He estado aquí muchas veces y sé que no hay, solo cosas en tu cabeza. La gente que estuvo aquí se fue hace mucho. Este lugar está lleno por los espíritus de los animales y de la montaña, pero no más. No te harán daño, no si los tratas bien y dices las palabras correctamente. Hazme caso. Solo tienes que decir las palabras correctamente.

Y arrodillados allí con las manos frías entrelazadas me entra una sensación que es como una oleada de aire caliente.

Me olvido de estar hambriento y cansado y solo con esa niña molesta.

Sé que esa sensación se va a quedar grabada en mi corazón para siempre, lo sé de verdad.

16

—Déjame ir contigo.

La niña Mary llora.

Me da pena porque en verdad es buena chica. Tras enseñarle mi guarida volvimos junto al fuego y comimos un poco. Muy contentos hasta que nos dormimos. Primera noche que Mary se fue a dormir sin llorar.

Pero como todos los días, la mañana viene puntual como un reloj. Nada dura para siempre, hazme caso.

Hoy tengo que ir al este, adonde sale el sol, y dejar las cosas que pesan en la cueva por ahora.

Recojo el cráneo de perro y lo pongo en alto sobre un saliente. No querrá bajar a la carretera. Más tarde volveré por él y por mis cosas.

Debo ir a la granja de Geraint pero no con esta niña. Ella quiere quedarse conmigo y ha llegado a gustarme. Pero no hay elección. Estoy muy cansado y casi no tengo comida.

Vamos, no planeo abandonarla en la ladera para que la cacen los perros o los cuervos. No. Voy a dejarla bajo los cables, en la carretera. Allí podrán llevarla en camión, llevarla a la ciudad que al fin y al cabo es su hogar.

Ahora sin embargo está sentada en el suelo y llorando y diciendo *no pienso bajar allí, y no puedes obligarme*. En el fondo es una niña molesta y primera vez que estoy con alguien que lloriquea tanto sin darle lo suyo.

—Tienes razón —digo—. No puedo obligarte pero no eres tan tonta para quedarte aquí sola a pelear con los perros.

—Me abandonas porque crees que soy una ladrona, ¿verdad?

Me hace esta pregunta mirándome fijamente.

—Primero de todo, esa no es la razón pero imagino que eres una ladrona porque has venido de la ciudad y robas cosas, como un perro asustado con el rabo entre las piernas. Los ladrones vuelven corriendo a casa cuando empieza el frío —digo.

—Pero nosotros no huimos.

No, pero mejor haberlo hecho, pienso. Pero no lo digo porque sé que ahora está pensando en su hermano muerto y en su padre que se ha ido y a lo mejor en la mujer, y no quiero que se le hinchen los ojos porque ya no me quedan palabras bonitas que decirle. Es una niña y no es culpa suya. Pero su padre no es más que un ladrón demasiado orgulloso para admitir que debe volver corriendo a casa, eso parece. ¿Es que nunca ha oído la historia de la cigarra y la hormiga? Todo el mundo sabe que la hormiga trabaja duro durante el verano para tener comida en el invierno mientras la vaga de la cigarra se pasa el día cantando hasta que muere de hambre cuando empiezan las nieves.

—Mi Pa no era un ladrón —dice Mary.

—Pues eso me parece. Si no sois ladrones entonces qué sois.

—No sé. Pero mi Pa no era ladrón. Cuidaba ponis.

—Paso de discutir, paso, en serio. Da igual qué sois. Volví a buscarte, ¿no? Siento mucha pena por Tommy y por tu padre, de verdad…

—¿Pero vas a llevarme a la carretera? —señala el valle, los cables que se extienden hacia el este—. Vas a dejarme allí, ¿verdad?

Así es, Mary. La nieve no es menos espesa y el viento no es más suave. Hay perros y cuervos y tormentas y debo ir a un sitio. No sé si lo conseguiré. No es viaje para una niña escuálida.

Pero lo que digo es:

—Pensé que querías volver.

—Lo que no quiero es que me dejes. Igual Pa vuelve.

—No, no vuelve, Mary, y donde voy no es sitio para una niña como tú —digo, lo que me recuerda que soy el Número uno otra vez.

—No tengo miedo —dice.

Pero lo tiene, lo escucho en su voz.

—No tengo miedo. Por favor no me dejes ahí.

—No hables más.

—No quiero que me dejes en la carretera.

—Me da igual. No se me dan bien los niños y tengo cosas que hacer.

—No quiero volver a la ciudad.

—No es tan malo. La ciudad no es peor que una manada de perros asquerosos acechando, ¿no? —lo digo todo lo suave que puedo pero sus ojos se mojan tanto que me cuesta mirarlos— No está lejos, además pasan camiones por ahí todos los días.

Pero la paciencia se me acaba como si soy una botella del revés y siento como que tengo que darle una patada y dejarla ahí, abandonarla. Ella no es la única sin padre. O sin madre. Yo tampoco tengo. Ni idea de dónde están todos. Y estoy cansado y hambriento como nunca antes.

—Tú no eres la única perdida —grito—. Y si te quedas ahí sentada te dejaré a los perros.

Y lo digo en serio.

Ella lo nota en mi voz y se levanta sin rechistar.

Nos ponemos las mochilas y nos vamos por fin. Pero no es una sensación buena, como la noche antes en la cueva.

Fuera un viento frío y fuerte atraviesa la ladera. El cielo pelea con las nubes negras que se deslizan desde el norte y no va a ser fácil bajar al valle cuando el viento sople fuerte otra vez. Lo noto. El mal tiempo está a punto de llegar. Es esa época del año.

Un remolino de nieve se forma ante mí, como una señal para ir con cuidado. Todavía puedo ver el lago y la amplia explanada abajo, y más allá las grandes torretas de metal que cruzan la nieve desde Wylfa en el oeste. Una ráfaga de aire helado se mete en mi boca. Me quita el aliento un segundo. Me pongo la capucha.

—No te alejes —grito.

Mary tropieza con la nieve. Tengo que recogerla. La miro a la cara y veo que me está suplicando con los ojos. Es tan escuálida y hambrienta y cansada que no sé si va a llegar hasta el valle si el tiempo empeora.

—No te fuerces tanto.

De pronto el viento ruge a nuestro alrededor, alborotando su pelo, golpeando su cara. Tengo que acercarme mucho para que me escuche.

—No te alejes. Se acerca una tormenta. Pero ahí abajo está mejor.

Señalo hacia abajo del risco, hacia la ladera cubierta de neblina y la luz del amanecer. Pienso en volver a la cueva. Lejos del viento. Pero debemos seguir adelante. Nada bueno si nos quedamos quietos.

Mary asiente. Se quita un mechón de la boca. No tiene sentido hablar ahora que viene la ventisca, hay que bajar a la ladera. Si salimos del Farngod, podremos cobijarnos en la plantación conífera que hay junto al lago. El viento no podrá soplar tan fácil entre los árboles.

No me queda casi fuerza tras tantas noches frías y comida mala y preocuparme por la niña que se hunde a la deriva.

—No te alejes —grito mientras avanzamos contra el viento y la nieve que cae. No puedo decir más.

Como digo antes, el viento cae sobre ti como un águila aquí arriba. Y nosotros casi caemos, mientras bajamos a duras penas por la helada pendiente de la cara norte del Farngod.

La plantación es el único camino. No me gusta pero no hay elección con el tiempo así. Igual puedo cazar allí una liebre. Eso estaría bien. Pensar eso me da hambre y olvido preocuparme un rato por esa niña enfurruñada y harapienta.

Hace mucho que no bajo a la plantación. Está cerca de los cables y los campamentos de ladrones. Allí los árboles muy altos y oscuros. No se ve mucho verde en las colinas de invierno. Pero hay algo sombrío cuando entras ahí.

El bosque no es mi lugar y no estoy acostumbrado a él y no me gusta porque no puedo ver qué hay alrededor. Solo hay esos árboles oscuros. Hay algo muerto debajo de esos árboles siempre verdes. Como veneno en el suelo.

La nieve es tan espesa y el viento tan fuerte que no veo más que a unos pasos por delante. Y aunque me da mala espina, no tarda mucho hasta que ese bosque protector de abetos que hay abajo junto al lago guía cada pensamiento de mi cabeza.

17

—Aléjate del borde —digo a Mary—. Ahí el hielo es fino.

Mary avanza a duras penas por la ribera del lago congelado. Estamos cerca del bosque, allí desemboca la senda entre los arbustos. Los abedules más bajos se agitan ante nosotros y de sus flacuchas ramas desnudas caen montoncitos de nieve. Veo el rastro de un zorro, va hacia la plantación. Buena señal. Si hay zorros, entonces hay liebres. Seguro.

—¿Y si descansamos un poco? —dice Mary.

Se sienta en un tocón bajo los árboles. Le doy un poco de nieve para calmar la sed

—Hay que entrar más en el bosque —digo—. Allí más tranquilos y podremos descansar a gusto, encender fuego, comer caliente. Las liebres se meten entre los árboles en invierno para comer las hojas de los abetos. Pondré un cepo.

—Estoy muy cansada.

Se levanta del suelo. Le llevo la mochila un rato. Pronto llegamos al borde de la plantación. Los abetos se levantan ante nosotros como un muro oscuro. Por fin puedo oírme pensar sin ese viento de la ladera machacándome a cada paso.

—¿Es seguro? —pregunta Mary.

—No hay mucha luz pero está protegido. Igual cazamos una liebre, ya te lo he dicho. Más fácil llegar a las torretas lejos del mal tiempo. Atraviesan los árboles en alguna parte.

Mary agacha la cabeza pero no empieza a lloriquear como antes.

Apartamos las ramas que son como manos saliendo de la oscuridad. Entramos a la sombra de los abetos. Oyes algunas cosas feas sobre el bosque cuando los niños se cuentan historias de miedo en la reunión de Barmuth. Recuerdo algunas de esas historias pero no se las digo a la chica porque por su cara parece que ella también las sabe.

Seguimos adelante entre las estrechas filas de árboles. Las ramas escuálidas se enganchan en los abrigos. La nieve no es tan espesa bajo las ramas, pero hay sitios donde se ha caído un árbol y ahí la nieve sí se ha acumulado más.

—No me gusta, Willo —susurra.

—No estás sola.

Estamos muy adentro. Por todas partes hay troncos de árboles erguidos como soldados.

—Calla.

Me paro porque creo oír algo. Igual en vez de eso es que he olido algo.

—¿Qué?

—Vamos, pero callada.

Intento pensar qué es ese olor raro. Mala sensación, como si no estamos solos, como si alguien nos mira. Pero no veo nada. Por todas partes solo árboles que van hasta la oscuridad, hasta donde no se ve más. Me lo habré imaginado.

He conseguido asustarme. Ahora Mary sí que está bien cerca y calladita. A veces me doy la vuelta. Miro detrás.

—Vamos a descansar, por favor —dice.

—Aún no. Más adentro.

—¿Adónde vamos?

—La carretera corta en alguna parte más al norte.

—Quiero descansar.

—No está lejos, Mary, no están lejos las torretas. Pero no se ven hasta que no estás casi debajo.

Mary se va quedando atrás.

Me paro junto a una rama caída.

—Va, siéntate. Come una torta si quieres.

—¿Adónde vas?

—A buscar liebres.

—Por favor, no te vayas.

—Solo echaré un vistazo. Pondré un cepo.

—No me dejes. Tengo miedo.

—No voy lejos. Ten los ojos abiertos y grita si me necesitas.

Mary se sienta en la rama caída.

Aquí la nieve es bastante espesa, los árboles más grandes. Más adelante veo un tronco caído. Imagino que habrá madrigueras de liebres bajo las ramas. Allí se alimentan. No tardaré mucho en poner un cepo.

Caminar entre los árboles siempre me hace pensar en Robin Hood, porque él vive en un bosque muy grande. Aprendí a leer con ese libro sobre Robin Hood que tiene Magda, así que me sé su historia de memoria. Es una historia muy vieja y el libro de Magda está tan destrozado que lo cosió como unas veinte veces. A todos los niños les gusta.

Se llama *Robin Hood y la flecha de plata.* Recordaré las palabras de ese libro hasta que me muera. Robin Hood no es tan fácil de engañar, sheriff de Nottingham, porque tiene un chaleco verde y consiguió una flecha de plata. Pero sobre todo roba a los ricos para dárselo a los pobres.

Siempre quiero saber si Robin Hood es una cigarra o una hormiga. Padre dice, No es tan sencillo, Willo. El pobre no tiene nada porque el rico lo tiene todo. Y yo digo, Como la hormiga entonces, tiene todo porque trabaja mucho igual que nosotros. Pero Padre dice No, no exactamente como la hormiga, y entonces dice que me lo explicará cuando me haga mayor. Pero nunca lo explica. Solo dice, *Recuerda esa historia.* Aunque imagino que ahora Robin Hood tendrá una pistola y no una flecha de plata.

Me acerco al abeto y veo que es muy alto. Hay un puñado de madrigueras de liebre recientes. Me quito la mochila para sacar el cepo y entonces veo más adelante que debe haber una nueva plantación porque hay un grueso muro verde. Árboles jóvenes y sus ramas casi tocan el suelo.

Fijo que ese es el mejor sitio para las liebres. Está cubierto y con mucho para comer. Fijo que hay un buen puñado de huellas de liebre por aquí y por allá.

Me cuelgo la mochila del hombro y me acerco a los arbolitos. En unos minutos habré puesto un cepo allí. Fijo que pronto cazo alguna.

Me abro camino bajo las ramas. Aquí está tan negro como la noche y el suelo no tiene casi nieve. Bajo mis pies solo hay una alfombra de hojas de abeto y de pronto pierdo las huellas. Parece que hay un hueco entre los árboles más adelante. Si llego allí podré echar un vistazo.

Miro hacia atrás pero los árboles grandes están ocultos por las ramas jóvenes que cuelgan bajo el peso de la nieve. No puedo ver a Mary.

Me arrastro hacia la luz. Me arrastro hacia el borde de esta zona frondosa.

Me pregunto por qué habrá una plantación de árboles jóvenes en mitad del bosque. Igual hemos llegado ya al otro lado. Pero no hemos pasado la carretera bajo las torretas así que no lo entiendo. Igual hemos andado en círculos.

Avanzo con cuidado apoyándome en los codos. Aparto las ramas para ver qué hay dentro del claro.

Pero no es un claro.

Casi me caigo por el borde cuando me arrastro a través de la fila de árboles.

Las tripas me dan un brinco.

Una fosa enorme se extiende ante mí.

Una fosa profunda excavada en mitad del bosque.

Y la fosa está llena a rebosar. Es como una pesadilla. Una fosa llena de brazos y piernas. Cadáveres. Miembros amontonados como ramas congeladas en la nieve.

Una fosa llena de muertos.

El corazón me late fuerte. Mi cabeza intenta entenderlo. Y arrastrándose a través de los frondosos árboles del otro lado llega el olor.

El olor que capté desde la plantación.

El olor que flota bajo los árboles.

Un olor a humo.

Todas las historias horribles revolotean en mi cabeza. Las historias que te cuentan los barbacanas para que no vayas a la plantación. Sobre los muertos de las ciudades.

Sobre ladrones hambrientos abandonados en la montaña en invierno.

Y al otro lado, un sendero congelado se desliza hacia la fosa a través de un hueco entre los árboles. Un camino de hielo donde algo ha estado escarbando en esa fosa de muertos.

Algo se ha estado alimentando allí.

Entonces lo veo. Siluetas oscuras moviéndose bajo los árboles. Mi corazón hace pum, pum, pum.

Vuelvo a meterme entre los árboles. Pum pum pum. El olor a grasa ardiendo y humo en el ambiente. Debo volver con Mary. Pero no veo nada. Nada más que ramas a mi alrededor. Y el pánico me atrapa. Como manos saliendo de la oscuridad y tirándome de las piernas. Me arrastran hacia la fosa. Hacia la tumba de cuerpos congelados.

Debo escuchar al perro dentro de mí. Perro no tendrá miedo.

Silencioso como un ratón, Willo.

Cada movimiento que hago suena como un trueno. Me alejo de los abetos arrastrándome sobre la barriga. Me alejo de la fosa. Lejos del lugar donde los hombres se alimentan de otros hombres. Me tiemblan las manos. Lo único que veo son troncos enormes en todas direcciones.

El pánico me golpea detrás de los ojos.

Ahora veo a Mary a lo lejos entre las filas de árboles. Encorvada sobre su mochila.

Y no está sola.

Revolotea entre las sombras grises. Algo se mueve.

Entre las filas de árboles. Un destello breve a su izquierda y luego otro hacia la derecha.

Mary levanta la mirada.

Un hombre sale de entre los árboles detrás de ella.

—¡Mary! —grito desde el fondo del corazón.

El hombre sale de los árboles justo detrás de ella. Ahora le veo perfectamente. Escuálido y harapiento como una bestia hambrienta. La cara retorcida en una mueca. Mueve las manos. Dice algo pero no le oigo.

Mary gira la cabeza porque estoy gritando y señalando. Entonces abre su boca tanto como un agujero. El ladrón lleva un palo en la mano. Más siluetas aparecen entre los árboles a ambos lados de él, como sombras bajo los árboles. Como lobos. Han salido de ninguna parte.

Padre siempre dice, *Los ladrones hambrientos en invierno no son humanos, si los ves sal corriendo.*

—¡Corre, Mary! —grito.

Mary deja caer todo y se pone de rodillas.

—¡Willo! —su grito estalla bajo los árboles.

—¡Corre, Mary!

Vienen cruzando la nieve.

Todo lo que dicen los barbacanas sobre las manadas de ladrones en la plantación. Pensamientos horribles. Y ahora lo he visto. He visto por dónde se deslizaban hacia esa fosa de cadáveres.

El miedo y mi respiración retumban en mi cabeza. Corro sin rumbo entre los árboles con el peso de mi mochila. Casi no puedo más.

—¡Willo! —grita Mary por detrás.

—¡Corre, Mary!

Atravieso el bosque como un rayo. No miro atrás. Corro por mi vida. El espíritu del perro se balancea delante de mí. Me muestra el camino. Su lomo sube y baja mientras galopa a través de la nieve.

—¡Willo!

Debo darme la vuelta. Lo noto en su voz. Pero el perro sigue corriendo entre los árboles. No se detiene.

Mary está de rodillas sobre la nieve. El malvado y escuálido ladrón Número uno que lleva un palo en la mano está detrás de ella. Se acerca atravesando la nieve, los otros están cerca. La nieve sale disparada a su alrededor mientras atraviesan las zonas en que les cubre hasta las rodillas.

El líder hace un ruido extraño, un silbido húmedo. Los otros tres se dispersan entre los árboles.

—¡Mary! Tienes raquetas de nieve, ellos no, levanta.

—¡Willo!

—¡Levanta y corre! —grito.

Mary se pone en pie con dificultad. Otra vez de pie y viene hacia mí pero ahora no la miro, debo dejar atrás a la manada. Las ramas se me enganchan pero no me paro. Me duele el pecho al respirar. Piernas entumecidas. Me concentro en poner un pie detrás del otro.

Sigo corriendo porque los ladrones son lobos.

Las ramas me golpean la cara. Zas zas zas. El sudor se alza como una niebla caliente.

—¡Willo! —Mary sigue suplicando a gritos.

Entonces de repente es como si el suelo se abre debajo de mí. Pierdo pie y caigo de cara. Cabeza abajo en un desnivel del camino. Todo blanco.

De la oscuridad a la luz.

KAMAZ. Eso es lo que dice en el frente del camión.

KAMAZ.

He caído a la carretera. Cuneta abajo hasta la capa de nieve sólida como hielo que cubre la carretera bajo las torretas. Árboles altos y oscuros alrededor.

El camión sucio y verde se eleva sobre el suelo en unas ruedas enormes y ruge y se desliza hacia mí.

KAMAZ. Lo pone en un lateral. Letras estampadas que brillan como la flecha plateada de Robin Hood.

Mary sale de entre los árboles y cae rodando por la cuesta, delante de mí. Detrás de ella salta un hombre harapiento y rueda por la cuneta hacia ella.

Delante de KAMAZ.

Sobre nosotros las torretas se yerguen a través de los árboles, protegiendo la carretera con su suave ronroneo, tan altas que casi parecen tocar el cielo.

18

La mujer tiene una pistola. Veo que la sostiene entre las manos. Apunta al hombre que se pone poco a poco en pie. Aprieta el gatillo. El disparo retumba en el gélido ambiente.

¡Bang!

Un puñado de nieve cae desde un árbol cercano. El hombre se tambalea. Los harapos que cubren sus pies aletean en la nieve. Sus manos también envueltas en harapos, y el cuerpo en un abrigo de lona. Ojos hundidos en los que ya no queda nada. Deja caer el palo.

¡Bang! El segundo disparo le da de lleno. Cae de rodillas y después se derrumba sobre la nieve. Le sale sangre de la boca. Un gorgoteo sale de su garganta.

La mujer del camión mira a ambos lados de la carretera, entre los árboles. Sostiene la pistola con firmeza.

—¿Cuántos hay? —me pregunta.

Sigo tirado en la carretera, intentando ponerme en pie.

—Creo que tres.

—¿Estás bien? —le grita a Mary.

Mary está bien.

El hombre no está muerto aún, pero le queda poco

porque está perdiendo mucha sangre. Tiene la barba teñida de rojo como el hocico de un perro hambriento. Los sonidos que hace no son humanos. Sigue a cuatro patas sobre la carretera. Su garrote tirado inservible en el suelo.

La mujer no tiene miedo del hombre que sangra y se acerca a él. Lleva un grueso abrigo de fieltro que le llega a los tobillos. Veo cómo se estrecha en sus hombros mientras camina.

El hombre levanta una mano como diciendo, *Por favor no me mates.* Su aliento produce nubes en el aire como fumando. La mujer de la pistola sigue adelante.

El hombre no tiene fuerzas para ponerse en pie y rueda sobre su espalda. Ya no intenta decir nada.

La mujer de la pistola da un último paso hacia él, apunta con la pistola hacia su cabeza y aprieta el gatillo.

¡BANG!

La sangre y los sesos y todo lo que estaba dentro de la cabeza de ese hombre forma un charco debajo de él. He visto cómo disparaba y he visto sus ojos en el último segundo porque he estado mirando fijamente y Mary grita y se desliza sobre el hielo y corre hacia mí.

Es la primera vez que veo a alguien disparar una pistola.

Ahora la mujer del abrigo largo se da la vuelta hacia nosotros.

—¿Estáis solos?

—Sí —dice Mary, mirando la sangre de la carretera.

—Bueno, en unos minutos pasará el resto de nuestro convoy.

—¿Qué pasa con…? —señalo el cadáver.

La mujer mira hacia los árboles y ondea un brazo para señalar el oscuro bosque.

—Como no han conseguido atraparos, se comerán a uno de los suyos en vuestro lugar.

Una voz llega desde el otro lado del camión.

—Tenemos que seguir, Moira.

La mujer se cuelga la pistola del cinturón y sube a la puerta de la cabina.

Mary le agarra la pierna mientras sube.

La mujer le mira.

—Por favor.

—Vamos, Moira, este lugar no es seguro —dice la voz del camión.

La mujer mira a Mary y después vuelve a mirar los árboles. Medita.

—Por favor, no nos deje —dice Mary.

La mujer vuelve a bajar a la carretera. Lleva unas botas grandes y planas, duras y brillantes.

—No los recojas —dice la voz del camión.

Pero la mujer no le hace caso. Vi cómo cerró los ojos en el último momento cuando disparó al ladrón así que sé que en realidad no es mala.

—Venga —dice—, subid atrás.

Me tira del brazo y agarra a Mary también. La parte de atrás del camión está cubierta con una gruesa lona verde, con unas descoloridas letras amarillas en el reverso:

ANPEC

La mujer levanta la lona y nos metemos dentro.

Como dice Padre tengo suerte, porque primero pasa una cosa mala y ahora una buena. Pero ahora estoy un poco preocupado porque no sé cómo acabará esta cosa buena, pues el camión tiene a la chica pero también a mí. Primera vez que monto en un camión. Primera vez que estoy tan cerca de un camión. En la parte de atrás hay un tubo del que sale un humo apestoso pero la mujer nos empuja y nos mete dentro. No hay tiempo de pensar.

A cada lado hay bancos y un montón de caras que se giran para mirarnos. En el medio hay una estufilla, la chimenea sale a través del techo.

—Sacadlos antes de llegar al control —dice la mujer a la gente del camión. Después cierra otra vez la lona. Escucho la puerta de la cabina cerrarse. Nos movemos.

La gente del camión no hace ruido, solo nos mira.

Sentado cerca hay un viejo barbacana inclinado hacia delante con los labios secos y finos. Lleva puesta una rígida chaqueta de lona que le tapa hasta las orejas. También lleva unos gruesos guantes. Se saca una mano. Tiene una sonrisa desagradable.

—Bonito abrigo, chico. ¿Dónde lo robaste?

Está tan cerca que huelo su aliento y veo en sus ojos que no es del todo amigable.

—Déjalo en paz, Reuben —dice una mujer sentada al fondo.

Toda esa gente se balancea a medida que el camión gira y se sacude por la carretera. Como árboles mecidos por el viento.

—No son ladrones.

—¿Cómo lo sabes? —dice otro.

—Los ladrones no tienen abrigos de piel así. Mira las puntadas. Tienen guantes de piel —la mujer se inclina hacia delante mientras habla—. Si fueran ladrones, Moira les habría disparado.

—Te doy un trozo de pan a cambio de tus guantes —es el viejo barbacana otra vez, que se inclina para tocar mi abrigo.

—He dicho que le dejes en paz.

El viejo se ríe y vuelve a sentarse.

—Oye, que solo le he ofrecido al chico un poco de pan.

—Venid y sentaros aquí al frente —dice la mujer.

Mary es la primera en levantarse y yo la sigo. Voy a ver y escuchar, observar a esta manada de perros.

—Tenéis que salir de aquí antes de llegar al control, como ha dicho el conductor —le dice la mujer a Mary.

—¿Dónde está el control? —pregunta Mary.

—Te lo diré cuando lleguemos, ahora siéntate.

—¿Por qué no los tiramos sin más? ¿Qué pasa si nos paran? Nos la cargamos todos.

—¿Cómo sabemos que no son ladrones?

La gente habla de nosotros como si no estamos allí.

—Seguro que son ladrones. Yo digo que los tiremos.

—Solo Rose dice que no. Deben de ser renegados.

—Y Moira no les ha disparado…

—No sabía que quedasen renegados por aquí.

—No se ven mochilas y abrigos de cuero cosidos de esta manera hoy en día.

—No se ve casi nada hoy en día excepto nieve.

Todos se ríen con eso y algunos acaban tosiendo.

—Oye, chico, ¿entonces eres un ladrón? —es un tipo grande con la cabeza cuadrada quien pregunta.

Se inclina y me agarra para darme la vuelta y que le mire.

—No somos renegados. Somos faros de esperanza —digo.

Eso provoca más risas que antes. Padre lo dice más serio, entonces no habría risas.

—Yo digo que los dejemos en paz. No van a hacer daño a nadie. No son más que unos niños —dice la mujer.

Algunos de los que están en la parte delantera del camión se mueven y me siento apretado en el banco enfrente de Mary. Escucho el motor vibrando bajo mis pies. Mary me mira con ojos asustados pero no decimos nada.

—Oye, Rose, hoy es sábado. ¿Por qué no sales conmigo esta noche en vez de volver a casa con ese trozo de carne que tienes por marido? —dice alguien, gritando para hacerse oír por encima del motor.

—Es un trozo de carne mejor que tú.

—Solo tengo un trozo de carne, Rose, y eso es porque no he ido a casa en un mes.

—Yo tampoco. Me pica aquí abajo. ¿Qué hago con eso?

Algunos hombres empiezan a reírse y mofarse como si estuvieran locos y me asusto. Todos huelen raro y actúan raro y no sé adónde vamos ni cómo voy a marcharme. Debo salir de aquí. No sé cómo de rápido va el camión pero imagino que ya estoy lejos y no tengo comida en la mochila y todas mis cosas están en la cueva.

—Oye, ¿en serio vives en las montañas? —de repente el hombre está muy cerca de mí. Con tanto ruido no le he oído. Está encorvado y me agarra del abrigo—. Eh, chico, digo que si vives en las montañas.

Pero entonces el camión va más lento y todos se mueven hacia delante.

—Meteros debajo del banco —dice la mujer, que tira de Mary y unas cuantas personas mueven las piernas.

Siento un brazo fuerte en el hombro y alguien me empuja también debajo del banco, no sé por qué. Entonces se escuchan tres golpes en la pared delantera del camión.

—¿Qué pasa ahora?

—Policía de carretera —susurra alguien.

—¿Qué están haciendo aquí?

Los tablones del suelo del camión están empapados y estoy atrapado detrás de un muro de botas. Todas parecen iguales, sucias y gruesas, y me aparto de ellas todo lo que puedo.

—¿Y si encuentran a los niños?

La lona se levanta y una ráfaga de aire frío entra en el camión. Se escucha una voz ruda.

—Necesitamos a cuatro de vosotros. Hay que retirar un montón de nieve de la carretera y no tenemos arado, así que andando. Vosotros cuatro, el viejo no, no queremos tirarnos una semana para hacerlo.

Se oye barullo y veo algunas botas que se mueven y después oigo murmullos.

—Esto no es una fiesta, señoritas, así que basta de charla.

Se oyen unas risas groseras, pero igual que cuando Geraint se ríe de Padre; no son risas divertidas, son malas.

—¡He dicho que no tenemos toda la semana!

Entonces todos se quedan callados. Miro a Mary que está detrás de unas piernas debajo del banco de enfrente. Se lleva un dedo a los labios.

—Está bien. Tú. Y tú. Venga, moveros —el policía golpea un lado del camión con una barra de metal, *clang clang clang*, como si tuviera prisa.

Salen algunos hombres y no podemos escuchar casi nada, solo risas y gritos de los policías.

—No les hacen falta guantes, mira cómo les sale radiación del cuerpo.

—He dicho que a cavar, no tenemos hasta el verano.

Un rato después los hombres vuelven al camión.

—Muévete, conductor —dice el policía.

El motor vuelve a encenderse y nos movemos.

—Maldita policía de carretera —dice alguien.

—Son tan malos aquí como en los asentamientos.

—Olvidadlo. Estaremos en casa en unas horas.

—Sin nosotros no habría ni media hora de electricidad diaria.

Todos asienten con un gruñido.

Un brazo fuerte me levanta.

—Siéntate cerca, chico. Ahora no saldrás antes del control. No hay oportunidad.

—¿Qué quiere decir? —dice Mary.

—Nos quedamos atascados por ese montón de nieve en la carretera y el resto del convoy nos ha alcanzado. El conductor os verá si salís. Y no creo que eso sea buena idea.

Tiene razón porque oigo los demás camiones detrás de nosotros.

—Yo en vuestro lugar… —se da la vuelta para mirarme, tiene la cara tan negra como el carbón—, en vuestro lugar me metería debajo del banco cuando lleguemos al control. Eso es lo que haría.

—¿Entonces qué?

—Entonces si tenéis suerte, pasaréis. Es sábado por la noche y todo el mundo quiere irse a casa, incluso la policía. Estaréis más seguros dentro.

—¿Dentro de dónde?

—Del asentamiento.

—¿Y si no pasamos el control? —pregunta Mary.

El camión gira a la izquierda y la mitad de la gente se revuelve hacia delante.

—Quién sabe, niña. Quién sabe.

—¿Por qué nos ayudáis?

—¿Por qué no?

Entonces calla.

Mary me mira.

—Ya no hay vuelta atrás, Willo —susurra.

El camión sigue avanzando bajo las torretas durante un rato, girando y sacudiéndose. A veces deprisa y a veces despacio pero no puedo ver nada. Me tengo que quedar sentado en ese banco duro preguntándome cómo salir de allí. El miedo me golpea tan fuerte en el estómago que no puedo pensar con claridad.

La gente ya no parece tener ganas de hablar. Se pasan en silencio una sartén con brasas para calentarse los pies. Algunos tienen la barbilla apoyada en el pecho. De vez en cuando echan una paletada de carbón en la estufa pero el camión sigue estando frío y oscuro, se cuela el viento por todas partes.

Me parece una eternidad lo que llevo aquí sentado. No hay forma de salir. Mary se duerme apoyada en la mujer del otro banco. Se le cae la cabeza hacia delante. El camión va más lento. La gente se levanta. Aviso a Mary con un puntapié suave. Se escucha un golpe en la pared delantera.

Oigo gritos dentro.

—Abajo, Willo —dice la mujer, metiéndome debajo del banco.

Espero que la gente del camión nos deje en paz. Porque

no sé quién es bueno y quién malo y todo pasa tan deprisa que no tengo elección.

—No hagas nada. Solo quédate en silencio.

—Convoy de Wilfa.

—¿Cuántos van atrás?

—Catorce.

—¿Algún incidente?

—Tuvimos que disparar a un ladrón en Trawsfinid.

—Tendrá que venir el lunes a hacer una declaración, ya lo sabe. Supongo que tendrá testigos.

—Sí, el copiloto.

—¿Qué hay del cuerpo?

—Lo dejé en la carretera. Era peligroso.

—¿Por qué paró? ¿Dónde estaba el resto del convoy?

La mujer hace una pausa.

—Íbamos conduciendo. El ladrón apareció de repente y se cruzó delante del camión. No estaba solo.

Oigo el sonido de botas alrededor del camión.

—Como encuentren a los niños, nos la cargamos —dice el viejo que se llama Reuben.

El hombre de la cara negra que está sentado encima de mí habla en voz baja.

—Si dices algo sobre los niños algún día te encontraré tirado borracho en una esquina y me aseguraré de que no vuelvas a hablar nunca. ¿Lo pillas?

—No me das miedo, Max.

—¿Lo pillas?

La voz del hombre negro tiene una frialdad en ella que pone los pelos de punta.

Llega una ráfaga de aire frío. Han levantado la lona.

—He oído que han disparado a un ladrón en la carretera. ¿Alguno de vosotros tiene algo que decir sobre eso?

Se oyen murmullos.

El policía golpea el camión con su porra, impaciente.

—No lo vimos —dice Rose.

—Está bien. Papeles. Pasadlos hacia aquí, no pienso subir.

Detrás un camión toca la bocina.

—¡Un momento! —grita el policía— Venga, deprisa, pasadme los papeles.

Hay un ruido de papeles. Veo a Mary que tiene los ojos como platos, está asustada. Me mira fijamente desde debajo del otro banco.

El corazón me hace *pum pum pum* en el pecho, me sube hasta la garganta. Igual ese viejo se chiva. Igual Mary tiene razón sobre lo de no querer subir en camión hasta la ciudad. Ahora no tengo adonde huir y no conozco los olores ni los sonidos y mis orejas pitan con todo esto tan extraño, acobardado como un perro con el rabo entre las patas. No quiero que ese policía me saque a rastras del banco y me envíe a una mina de carbón o me encierre en alguna celda fría, y ni siquiera puedo decir mis palabras en mi cabeza porque mi corazón late demasiado fuerte.

—Todo en orden. ¡Adelante!

La lona otra vez abajo. El policía da un golpe en el camión. El motor se enciende y nos movemos.

Nos movemos.

—No se te ocurra hablarme así, joder —dice el viejo y tose—. Lo que pasa es que quieres quedarte con su abrigo. ¡No confíes en ese perro negro, chico! Te arrancará el pellejo de la espalda.

—Cállate, Reuben —dice Rose.

—Te arrancará el pellejo... —pero el viejo empieza a toser otra vez.

El hombre negro no dice nada. No puedo verle, solo sus botas delante de mí sobre el suelo del camión.

Entonces su mano enorme baja y me ayuda a levantarme.

—Estás dentro del asentamiento —dice—. Más te vale andar con cuidado.

"Este es el sitio: estos estrechos callejones que se extienden a derecha e izquierda, envueltos por el hedor a basura y suciedad. Observa cómo las vigas podridas se vienen abajo, y cómo las ventanas, rotas y remendadas, nos contemplan con el ceño fruncido. Estrechos callejones que se extienden a derecha e izquierda… a donde jamás llega luz ni aire."

Notas americanas para la circulación general,
Charles Dickens

19

Levantan la lona del camión y el conductor grita, *¡Todo el mundo fuera!*

Bajo de un salto con los demás. Mis pies aterrizan con fuerza en el hielo. Mary está pegada a mí. Veo chozas y tiendas de campaña levantándose por todos lados. Por encima una asfixiante capa de contaminación. La contaminación lo cubre todo. Olor a humo y animales y mierda y basura en la garganta.

Postes de madera inclinados a ambos lados de la calle, cables combados entre ellos. Farolillos de luz tenue se balancean con el viento por encima de los camiones. Nieve amontonada junto a la carretera. Sobre nuestras cabezas el cielo oscuro, vacío, infinito.

Estamos junto a una enorme fila de camiones que echan humo y runrunean. De ellos sale un torrente de gente cansada y con la cabeza cubierta por capuchas de lona. Bajo la luz amarillenta de los farolillos, su respiración es como una horripilante masa de vapor que flota sobre sus cabezas.

Caminan a duras penas sobre la nieve fría y sucia, casi nadie habla. Yo soy uno más entre ellos: frío y cansado, muchas horas en ese duro banco de madera.

—¡Eh! —un viejo que arrastra una carretilla abarrotada de botas se abre camino gritando y ondeando un brazo— ¡Eh, abrid paso!

A nuestro lado avanza a trompicones un caballo blanquinegro y achaparrado que tira de una carreta desvencijada. Sobre el carro una lona, y por debajo gente envuelta en gruesas capas de lana. El conductor grita al torrente de hombres y mujeres. Una niña pequeña agarrada a un hierro en la parte de atrás me mira fijamente. Su madre vuelve a meterla bajo la capota. A nuestro alrededor miles de cobertizos y tiendas construidas con restos de lona y madera y ladrillos viejos y puertas y piezas de metal apiladas de cualquier manera como hojas caídas de los árboles. Hay trozos sueltos de lona y de madera colgando de chozas improvisadas que revolotean cuando una ráfaga de aire frío recorre la calle. El viento azota la capa de una vieja que lleva una vaca. La vaca tiene cubierto el lomo por una manta, camina a trompicones por la cuneta como si fuera ciega.

Un camión se abre paso entre todas las carretas y las personas haciendo sonar su bocina. La vaca se asusta y resbala sobre el hielo, gime asustada. Las carretas y los caballos y las personas no tienen más remedio que apartarse rápido, se apiñan junto al borde de la carretera. No hay otra opción mientras pasa el camión.

La multitud nos arrastra fuera de la carretera, a través de un hueco entre los montones de nieve que lleva a una especie de mercado callejero. Arriba nuevos farolillos. Un tipo que lleva una cabra grita, *Leche fresca leche fresca*, y hay pollos encerrados en jaulas y conejos sujetos por las orejas y gente cosiendo el cuero con máquinas enormes que giran con la mano y mujeres revolviendo humeantes perolos de sopa sobre unos barriles llenos de carbón ardiente. Todo el mundo se empuja y se esquiva y se agarra y se grita. Basura por todas partes, nieve mugrienta en el suelo. Siento que me va a estallar la cabeza con tanto olor a gente y animales y humo, porque primera vez que veo tanta gente y tantas cosas, y que escucho tantos ruidos y huelo tantas cosas extrañas y desagradables.

Me siento como una hoja que cae al río, y el río me va a arrastrar al mar sí o sí mientras esa marea de hombres y mujeres avanza entre las tiendas y las calles de chabolas como las aguas en Barmuth fluyen hacia el estuario.

—¡Willo!

Mary está a punto de perderse entre la multitud pero la agarro del hombro. Me acuclillo junto a un montoncito de nieve. El lugar más grande que había visto hasta ahora era el mercado de verano de Barmuth. Pero Barmuth cabe en el bolsillo de este sitio.

La calle está cubierta de ceniza, gris y sucia. Hay montones de mesas y cajas y carros repletos de botas y harapos, patatas y paquetes de heno, sacos de avena y sal, latas abolladas y botellas de cristal, trozos de madera, pilas de carbón. Todo lo que te imagines. Un tipo pasa montado en un poni corpulento con un solo paquete en su montura. Pasan tan cerca que los huelo. Se oyen gritos y chasquidos y ruido de mucha gente. Una nueva ráfaga de viento recorre la calle y la gente se envuelve con fuerza en sus abrigos.

Mary se pega a mi lado y me susurra al oído:

—Hay que salir de aquí. Sígueme.

De pequeño Padre me llevó a una charca cerca del río. Fue un verano muy bueno porque el sol estaba fuerte y calentito, pudimos ir sin abrigo un mes entero. Lo recuerdo porque Magda los dejó sobre la mesa toda la semana para arreglar las costuras y despiojarlos. Hacía tiempo del deshielo así que el agua de la charca no estaba demasiado fría.

Padre me dice, *Willo, tienes que aprender a nadar*. Pienso que está loco porque la gente no sabe nadar. La gente anda y corre y salta, pero *¿no se hunden en el agua, Padre?* Y Padre me dice, *No, tonto, no se hunden, porque tienen los pulmones llenos de aire*. Recuerdo que entonces se quitó la ropa.

Veo la piel de su cuello y de sus manos, es oscura, pero el resto de su cuerpo es blanco y escuálido. La hierba asoma entre sus pies desnudos. Se acerca a la charca y mete un pie dentro. Saca el pie rápido, debe de estar muy fría. Entonces hace algo que no olvidaré nunca. Se agarra la nariz, toma aire y salta dentro.

Me pongo a gritar como loco, hazme caso, porque creo que Padre se ha ido para siempre y que se ha ahogado, pero no, de repente sale del río. Su cabeza asoma y empieza a tomar aire y hace ruidos graciosos en plan *¡Uf! ¡Uf! ¡Uf!*, pero pronto su respiración se calma y mueve los brazos y empieza a nadar por la charca como un ganso. Empiezo a sentir una risa dentro. He pasado miedo, hazme caso, pero ahora Padre tiene una pinta muy graciosa ahí todo blanco y haciendo ruidos raros y riendo a veces y metiéndose bajo el agua para asustarme. Entonces dice, *Métete, Willo. Quítate la ropa y salta. No te pasará nada.*

Primera vez que siento tanto miedo. Ni hablar de meterme en esa charca oscura y helada como el barbacana de

Padre, porque sé que me voy directo al fondo. El corazón me late con fuerza y echo a correr hacia la colina. Padre sale del agua empapado y me llama a gritos, pero no pienso bajar hasta que se olvide de enseñarme a nadar.

Ahora tengo la misma sensación, cuando Mary dice *sígueme*. Estoy congelado por el miedo. Me quedo inmóvil a un lado de la calle. Ese torrente de personas me asusta tanto como la charca congelada. Sé que me harán ir directo al fondo. Pienso en lo que dice Padre sobre las cosas malas que acechan en la ciudad desde que llegaron los problemas. Padre dice, *Tienes suerte de no haber vivido esa época, Willo*.

Mary me agarra la mano y la miro asustado. Me mira con ojos tiernos.

—Venga, Willo, hay que irse.

—No quiero —digo.

Pero aquí no hay colinas hacia las que correr.

—Venga —me tira del brazo.

Tengo que hacerlo. Tomar aire. Cerrar los ojos.

Y saltar.

Lanzarme al torrente de personas.

—Venga —repite Mary.

Y lo hago. El vertiginoso río de gente me engulle, golpeándome de un lado a otro. Un mar humano por el que me conduce Mary, entre las tiendas de campaña, entre las montañas de basura y nieve sucia. La sigo a toda prisa, a través de caminos oscuros. Lejos de la gente.

—No te alejes —Mary me arrastra hacia las sombras.

De vez en cuando pasamos junto a alguien que también se desliza entre los callejones, pero nadie dice nada.

Dos tipos aparecen por una puerta, se lanzan gritos, tomamos otro camino para alejarnos de ellos.

—¿Adónde vamos? —pregunto.

Mary se da la vuelta y se para un momento.

—Aún no estoy segura.

En el horizonte veo una torre escarpada que se levanta sobre las tiendas humeantes, negra como el cielo. Perros ladrando por todas partes. Mary sigue adelante a paso ligero.

Como el perro es un perro lobo
Es listo y astuto
Conoce las colinas y los valles
De cabo a rabo.

Así que esto es la ciudad.

No estoy nadando, Padre, pero tampoco me he ahogado.

No, aún no me he ahogado.

20

Dejamos atrás las luces del mercado. Mary avanza deprisa por los senderos helados entre las chozas y las tiendas de campaña. No es más que una pequeña sombra delante de mí. De pronto para. Veo un destello en sus ojos, se lleva un dedo a los labios. Escucha.

Un bebé llora a lo lejos.

Escucho algo más. Alzándose por todo el asentamiento. Gritos. Gritos sordos surcando el aire helado. Y a lo lejos... golpes de palos. De vez en cuando un alarido. Alaridos salvajes, animales, me asustan hasta lo más profundo de mis tripas.

—Bandas de Beetham —dice Mary—. Tenemos que irnos de aquí.

La gente de las chozas empieza a despertarse, gruñidos y murmullos. También han oído los ruidos de pelea. Ruido como de perros acorralados.

A lo lejos una niña chilla. No es un chillido largo, se corta de pronto.

—Por aquí —Mary se agacha junto a un muro roto.

Crece el alboroto: gritos, cantos, palos golpeando metal.

A lo lejos una llamarada sobre las tiendas de campaña. Alguien avanza a toda prisa por el camino. Casi choca con nosotros, es una mujer con un niño en brazos. Corre como loca. No nos ve, su respiración es fuerte y acelerada, como una liebre huyendo de un armiño. Pronto la engulle la oscuridad.

Está tan negro que no veo dónde piso. Mary tira de mí.

—¡Deprisa!

Es más rápida de lo que pensaba, agachándose aquí y allá, alejándose del ruido de las bandas. Avanzo detrás de ella, saltando sobre las pilas de basura entre los cobertizos, siguiendo el sucio laberinto de caminos a toda velocidad.

Pronto los callejones se ensanchan, llegamos a un camino nevado. Un perro asustado aparece corriendo, con el rabo entre sus escuálidas patas traseras. Nos echa un vistazo rápido y luego sale disparado. Mary se detiene.

—Vamos a descansar un segundo —dice sin aliento.

Estamos rodeados por grandes montones de boñiga de caballo humeante. Por delante una fila de edificios de madera en el borde del camino. Emiten un olor cálido.

—Mira.

Mary señala hacia delante y veo un par de caballos, su aliento formando nubes, la cabeza asomando sobre una barra en un hueco del cobertizo. Otras criaturas se revuelven en sus rediles y un par de cabras se suben a la puerta con curiosidad. El olor a animal es dulce e intenso.

—Mi padre cuidaba ponis —dice.

—¿Qué son las bandas de Beetham?

—No quieras saberlo.

—¿Qué son?

—Grupos de gente, ciegos de alcohol. Ahora calla —Mary señala hacia la oscuridad.

Al otro lado de los rediles hay un fuego ardiendo en un bidón de metal. Dos personas junto a él, completamente tapadas por sus abrigos, las manos extendidas hacia el calor, rodeados por tiendas de campaña andrajosas. Un perro encadenado empieza a ladrarnos. A lo lejos otro perro le responde y después otro y otro.

—Por aquí.

Mary rodea los montones de boñigas y pasa sobre una valla rota. Llegamos a un campo cubierto por una gruesa capa de nieve. Aquí no hay chozas, solo una alta verja de metal y detrás de ella túneles de plástico que se extienden hasta donde alcanza la vista. La nieve cae a nuestro alrededor pero hay una especie de niebla vaporosa en el ambiente, como si fuera la respiración de esos túneles. A lo largo de la verja hay varios letreros atados con alambre.

PATRULLADO POR
ANPEC
PROHIBIDO EL PASO

Mary bordea la verja.

—Son parcelas de alquiler —dice—, para cultivar comida.

Me quedo mirando fijamente.

—¿Cómo cultivan comida en invierno?

—Con alambres en el suelo, supongo. Hay patatas y poco más, pero es mejor no entrar. Tienen perros y si te ve un guarda te pega un tiro.

—¿Adónde vamos?

—Por allí está la ciudad —señala hacia el otro lado del campo.

Mary parece conocer de memoria este sitio, me pregunto si vivió en una de esas horribles tiendas humeantes rodeada de gente mala antes de que su padre robase un poni y la subiera a los Rhinogs. Levanto la mirada, el viento helado me corta el aliento. Por delante de nosotros, al norte de los huertos, unas siluetas se yerguen sobre el horizonte oscuro.

—Deprisa, Willo. Por aquí.

No hay tiempo para pensar si debo seguirla o no. Estamos detrás de una fila de casas solitarias, frías y oscuras, una fila tan grande como los árboles de la plantación. Se ve un poco de luz tras las ventanas atrancadas de algunas casas. La nieve se ha amontonado en gruesas capas sobre los tejados. Una mujer pasa de largo entre los edificios. Nadie dice nada y nos alejamos los desconocidos que pasan como los cuervos que sobrevuelan el Farngod.

Mary se detiene. Mira a los lados. Me hace una seña y la sigo, bajamos a duras penas por una pronunciada pendiente nevada junto a la carretera. Al fondo un caminito al lado de una zanja enorme. Sus empinadas paredes se hunden en la oscuridad. La zanja es profunda y ancha como un río.

—¿Qué es? —pregunto a Mary.

—El viejo canal, por aquí pasaban barcos. Sigue por el oeste hasta el mar. Ahora está vacío.

Más adelante un puente entre unos árboles, y más allá un farolillo cuelga de la fachada de una casa, al borde del camino. Ilumina un letrero que dice *El rey Guillermo*.

—Vamos —dice Mary. Señala el edificio.

—¿Qué es?

—El rey Guillermo. Una taberna. Mi Pa solía ir. Si está Vince nos dará algo de comer.

—¿Quién es Vince?

—Ya lo verás. Vamos.

Estoy hambriento. Mary echa a correr rápido, hace bien, mejor no quedarse a respirar la apestosa niebla de la ciudad.

—Vamos, Willo, es seguro, te lo prometo. Además, se acerca una tormenta.

Mary tiene razón, lo noto en el viento. Avanzo entre sombras por el camino hasta llegar detrás de la taberna. Veo una oscura puerta de madera. Mary pone una mano en mi brazo.

—Todo irá bien.

Abre la puerta.

En un rincón hay una mujer repartiendo cartas. Se da la vuelta y nos mira. Es vieja, su vestido grueso y largo, con el dobladillo desgastado. Poca luz, solo unas velas por aquí y por allá y un pequeño fuego en una esquina. Al fondo una barra y una puerta detrás. A la izquierda un banco y una mesa de madera destartalada. Como en casa. En la pared detrás de la mujer un cuadro de un perro muy erguido, debajo pone *La perra Kentish.*

Mary dice, *Queremos sopa*, a todos y a nadie a la vez.

—¡Vince! —grita la mujer del rincón.

Se abre un postigo de la puerta detrás de la barra. Un tipo asoma. Tiene la nariz ganchuda, sus ojillos oscuros brillan a través de una rejilla.

—¿Qué?

—Estos niños quieren sopa.

El tipo me mira, sospecha. Entonces ve a Mary.

—No he visto a tu Pa, Mary —dice—. Hace meses que no viene por aquí. ¿Traes algún mensaje?

—No busco a mi Pa. Solo quiero algo de comer —dice Mary—. Para mí y para mi amigo.

La rejilla se cierra, pero enseguida se abre la puerta y el tipo de la nariz ganchuda sale con dos cuencos de sopa caliente. Los deja en la barra.

—Dos libras.

—No tenemos dinero —dice Mary.

El tipo de los ojos redondos y brillantes me mira de arriba abajo. Veo que se fija en mi abrigo.

—Tu Pa debería estar en casa cuidando de vosotros. Hace mucho que no le veo. Cuando le veas dile que *las polillas han emprendido el vuelo*. Dile que venga a verme. ¿Dónde está?

—No sé. Hace días que no como.

Vince arruga la frente.

—Está bien. Pero dale el mensaje, ¿me oyes? Y cuidado con deambular por ahí a estas horas de la noche. El toque de queda no detendrá a las bandas. Sentaos en esa esquina —dice, se rasca la oreja con sus largas uñas.

—¿Y eso de polillas que echan a volar? —pregunto a Mary.

Entonces se levanta un viejo. Antes estaba sentado en un banco, en lo oscuro. Anda dando tumbos, se nos acerca y saca unas monedas.

—Ponme otra —dice.

Huele fatal el viejo. Tiene los zapatos envueltos en harapos. La cara cubierta de arrugas y barba grisácea, ojos como agujeros negros, una mata de pelo sucia cubre su frente picada de viruelas. Casi no se tiene en pie.

—Ponme otra —repite y da un golpe con su jarra.

Vince no parece contento pero le llena la jarra sucia con un brebaje extraño. El viejo se mueve inquieto, se saca cosas de los bolsillos que solo ve él. Después se vuelve al rincón oscuro con la jarra llena.

—No os preocupéis por Piper —dice Vince—. Esta noche ha atraído a las ratas a través del pozo, para los perros. Quedaros sentados en silencio en un rincón hasta que terminéis la sopa. Después… —señala la puerta con el pulgar.

Vince se guarda el dinero del borracho y calladito vuelve a salir por la puerta. La mujer a repartir cartas otra vez.

A mí me da igual todo porque tengo sopa caliente para calmar el hambre. Huele mejor que todo lo que he olido nunca. Mary ya se la está tomando y yo hago lo mismo. En el fondo hay trozos de lechuga y patata, saben de maravilla. Tengo la boca pegada al cuenco y no veo que el borracho se está acercando lentamente hacia nosotros.

—Hay hambre, ¿eh, muchachos? —dice. Parece Geraint.

Me asusta. Tiene roña en las uñas. Sujeta la jarra con fuerza con sus manos huesudas.

—¿Quieres ver una rata, nene?

Me limpio la boca con la manga y le miro.

Mary me pega un puntapié por debajo de la mesa.

—¿Quieres ver una rata? ¿Eh?

—He visto miles —digo.

—Pero seguro que no has visto ninguna como *Rubí*.

El viejo se mete una mano en el bolsillo y saca una rata enorme y blanquinegra. La zarandea y la rata ni se mueve.

—Las ratas salen a hurtadillas de las casas. Ratas grandes,

pequeñas, flacas, musculosas, marrones, negras, grises, leonadas… —mientras habla se le mojan los labios.

Luego se guarda otra vez la rata en el bolsillo, parece querer decir algo más, pero se le olvida. Pega un buen trago de su jarra.

—Primera vez que veo una rata así —digo.

El viejo me mira y tuerce la boca como queriendo sonreír. Se ríe bajito. Después la risa se convierte en tos. El viejo sacude la cabeza.

La rata empieza a escalar por la manga de su abrigo. Mary y yo nos quedamos sentados y calladitos. El borracho este no piensa parar. Lo veo. Va a darnos la tabarra y a mirarnos con sus ojos acuosos.

—¿Quieres que te cuente cómo atrapar ratas?

Desliza los brazos por la mesa. Ya no sujeta tan fuerte la jarra, tiene la mirada perdida.

—A la hora de cazarlas nunca, nunca, nunca pongas cebo en las trampas. Ponlas siempre en sus madrigueras. Después de cazar unas cuantas, se empiezan a volver más listas. Entonces empiezan a esquivar tus trampas y no te queda otra que volver a intentarlo otra noche.

El codo le resbala por la mesa, tose, mancha la mesa con esputos sanguinolentos. Pero no piensa callarse.

Levanta la rata y sigue.

—Dicen que la sabiduría es más preciada que los rubíes… que suyos son la riqueza y el honor verdaderos —su voz es más baja y pegajosa—... que sus caminos son placenteros… No lo olvides, niño —cada vez acerca más su cara de borracho—. Sí, niño, sus caminos son placenteros y todas sus veredas paz.

Cierra los ojos. Suelta la rata, que cae el banco.

El viejo se desploma sobre la mesa. Se le cae la cabeza poco a poco hasta apoyar la frente en los tablones carcomidos de la mesa. Su boca empieza a soltar ronquidos.

Entonces se abre la puerta de la taberna, con una ráfaga de viento helado. Entran dos hombres, los hombros cubiertos de nieve, grandes abrigos abrochados tan arriba que no les veo la cara. Uno de ellos con un perro corpulento atado a una correa. Ni nos miran, solo golpean la puerta detrás de la barra y gritan *¡Vince!*

El perro sí nos mira. Observo cómo mueve el hocico.

El tipo de las ratas sigue roncando sobre la mesa y su rata empieza a olisquear por el banco. La rata es idiota, porque baja de un salto al suelo cuando está ese perrazo tan cerca, que tira y tira de la correa mientras olisquea.

El perro también ha visto a la rata.

Empieza a gemir y a ladrar y a tirar de la correa.

—¡Eh, Billy! ¡Atrás, vamos! —grita el hombre, rudo.

Pero el hombre llega tarde porque el perro no se para.

El perro se suelta.

Se monta una buena. El perro sale disparado bajo la mesa, el cazador de ratas se despierta de golpe, como un rayo que parte en dos un árbol.

Pero es demasiado tarde porque el perro es rápido como un dardo y agarra a la rata por el cuello. La rata grita. *Iiiiik*. Pero antes de darse cuenta el perro la golpea contra la pared.

El viejo cazarratas se levanta de la mesa y se tambalea borracho por la taberna, cae de rodillas. Es demasiado tarde. Su rata está muerta, destripada. No tarda en darse cuenta.

—¡*Rubí*! —gime.

Sostiene a la rata entre sus manos como un bebé. Tiene lágrimas en los ojos que corren por sus mejillas de viejo. Mira a los hombres abrigados y ellos se burlan de él, porque es un viejo lloriqueando en el suelo sucio y frío con un abrigo harapiento y una rata muerta entre las manos.

Vince sale al oír el alboroto. Ve lo que ocurre y junta las piezas como en un puzzle. Vince reconstruye esta triste historia y grita y gesticula para que los hombres calmen a su perro de una vez. Los hombres dejan de reírse enseguida porque Vince tiene algo dentro que le hace parecer más fuerte cuando se pone a gritar, aun cuando es un tipo narigudo de ojos pequeños y uñas largas y mugrientas. *¿No veis que esa rata es lo único que tiene? No tiene ninguna gracia*, grita.

Los hombres se miran entre ellos, como niños.

—Lo siento, Piper —dice uno al viejo llorica—. Te conseguiremos otra.

Pero está claro que no lo siente.

El viejo de las ratas no le escucha, solo gimotea con la mejilla pegada a la rata muerta. Los tipos del perro se encogen de hombros. Vince ayuda al viejo a levantarse.

—Vamos, Piper. Tienen razón, ya conseguirás otra.

—No como *Rubí*, no como *Rubí*...

Lo repite sin parar, aun cuando Vince le llena otra jarra.

—No como *Rubí* —balbucea como una niña pequeña.

La rata yace muerta sobre la mesa.

Todo esto me hace sentir muy triste por dentro, hazme caso, verle llorar como un bebé por su rata blanquinegra, aun cuando es un viejo barbacana y borracho.

Levanta la mirada de su jarra.

—Sí. Sí, es hora de dejar a *Rubí*. Hora de irse.

—Le ayudaremos a volver a casa —dice Mary.

La miro mal.

—Sí, sí, niñita —el viejo recoge la rata muerta, se pone un sombrero enorme y andrajoso y se dirige a la puerta.

—Tenemos que seguirle —dice Mary.

—¿Quieres ir con él?

—¿Tienes una idea mejor, eh? Vince nos echará en cuanto suene el toque de queda, y en la calle nos congelaremos. Más nos vale no andar deambulando por ahí durante la noche. Está tan borracho que no nos hará daño. Confía en mí.

La mujer sigue repartiendo cartas en su rincón. Las mira fijamente. No dice nada.

21

En la calle sopla un viento terrible. El viejo de las ratas se aleja de la taberna tambaleándose por el camino que hay junto al canal. Se para y mea sobre la nieve. Se balancea. Mary y yo nos quedamos atrás.

—¿Por qué quieres seguirle? —digo.

—Hay que dormir en alguna parte. No nos hará daño. Mira.

El viejo se saca la rata del bolsillo y empieza a susurrarle algo, su abrigo aletea con el viento.

Mary se acerca despacio a él.

—Vamos, Piper, hay que volver a casa antes de que empiecen la tormenta y el toque de queda.

El viejo mira a Mary. Después echa a andar otra vez por el camino nevado.

—Tenemos que volver a casa, *Rubí*. Eso es.

Se guarda otra vez la rata y sigue su caminata errante.

Dando bandazos llega hasta el canal vacío. Creo que se va a caer y a romperse el cuello, pero resulta que hay una escalera. El viejo pasa a duras penas una pierna sobre el borde y se ajusta el abrigo para protegerse del viento.

Se agarra a la escalera y empieza a bajar. Hacia la negrura. Gruñe.

—Venga, Willo, hay que seguirle.

—¿Abajo?

—Sí.

Mary ya está bajando por la escalera, así que la sigo.

La escalera baja y baja. Tan alta como una casa. Parece que las paredes caen sobre mí. Se levantan gigantes en la noche. Ya casi no hay luz. En las paredes de piedra hay algo de agua, que brilla, riachuelillos helados que brotan entre los ladrillos. El cielo nocturno muestra las pilas de basura y nieve que hay más abajo.

Ya en el fondo, el viejo se apoya en una pared. Respira con fuerza y se apoya las manos en las rodillas. Después se mueve otra vez, sus pies siguen un camino helado que bordea el cauce.

De la pared brotan unos árboles. Ramas desnudas que proyectan sombras sobre la nieve. El viejo se abre camino entre ellas siguiendo un camino muy trillado, forcejea con las ramitas que se le enganchan al abrigo.

A lo lejos se escucha una sirena, su eco se pierde en el aire y recorre todo el asentamiento.

—¿Y eso? —susurro.

—El toque de queda.

Avanzamos entre las ramas desnudas. El viejo va delante, tose. Detrás de los árboles, construido en un muro del canal, hay un arco cubierto con tablones. Es una puerta. El viejo se esfuerza para intentar abrirla.

—¿Te ayudamos? —dice Mary.

El viejo de las ratas se da la vuelta y mira a Mary como si es la primera vez que la ve. Suelta un grito, asustado. Sus labios húmedos se mueven sin emitir sonido entre la maraña de su barba.

—Tranquilo, no vamos a robarte, solo queremos un sitio donde dormir —dice Mary.

El hombre se encoge de miedo junto a la puerta. Las manos en la cabeza.

—Los niños de Baba... ¿Habéis venido a robarme?

—No, no queremos robarte. Dijiste que podríamos dormir aquí.

—*Rubí* está muerta.

—Lo sé, pero nos quedaremos contigo esta noche, ¿vale?

Mary me mira para que diga algo.

—Solo esta noche —digo—. Solo queremos ayudarte, viejo. Levántate, no te haremos daño.

Le ayudo a levantarse. Ya no tengo miedo, solo pienso en lo bueno que ha sido echarme al gaznate esa sopa. De momento, lo mejor de la ciudad es esa sopa. Me da igual adónde vamos y con quién, porque mis ojos están tan cansados que solo quiero dormir.

El viejo parece contento porque no vamos a robarle. Murmura algo y abre la puerta. Entramos. Cerramos la puerta y el viejo sigue adelante, se tambalea, sus pasos resuenan en este lugar tan húmedo.

Escucho un chasquido y su cara barbuda se ilumina. Se inclina sobre una gruesa vela, intenta acercar una cerilla a la mecha. Le tiembla la mano.

Estamos en una especie de túnel oscuro y arqueado

El techo es bajo y el viejo tiene que andar encorvado.

Huele a humedad y a humo y a tierra. En la pared hay clavos de los que cuelgan cepos y jaulas de alambre.

Tambaleándose, el viejo lleva la vela a una estufilla hecha a partir de un bidón de metal, su tubería retorcida clavada en la pared. Se arrodilla al lado y empieza a trastear con unos leños, más vale que encienda pronto un fuego o moriremos de frío. Al rato lo consigue, lo alimenta con más palos.

—Un buen fuego para los niños hambrientos, *Rubí.*

Se saca la rata muerta del abrigo y la deja en una jaulita que hay en un estante.

—Apañaos con eso —dice, señalando una cacerola que hay junto a su cama—. Si no —señala la puerta—, fuera.

Agarra una botella roñosa de un estante y va tambaleándose hacia una enorme pila de mantas que hay sobre un lecho pegado a la pared. Sin decir nada más se quita las botas y se deja caer. Antes de tocar la almohada ya está roncando.

Mary se acerca a la cama. Saca una de las mantas con las que se tapa el viejo. Las chicas siempre piensan cosas así. Veo sus manos a la luz de las velas, tirando de la manta. Tiene el meñique un poco retorcido, pero los demás dedos largos y delicados. Se quita la capucha y veo que tiene el pelo enredado, le oculta la cara. Es del color del heno. Me pregunto si olerá igual de bien. Entonces Mary se da la vuelta y me mira.

—¿Qué? —dice.

Miro hacia otro lado.

—Aquí podemos dormir a salvo.

Saca un par de mantas de la cama y las trae. Yo arrastro unos tablones viejos y los pongo cerca del fuego.

Preparo un lugar seco donde dormir. Estamos tan cansados que nos tumbamos de inmediato y nos arropamos.

—¿Seguro que aquí a salvo? —digo.

—Sí —dice Mary—. Aquí nadie nos molestará. El cazarratas estará frito hasta que se haga de día. En cualquier caso es el toque de queda y nadie puede salir.

—¿El toque?

—Sí, no se puede salir después del toque de queda.

—¿Y si sales?

—¿Si te pillan, quieres decir?

—Sí, si te pillan.

—No sé. Tendrás que enseñar los papeles. Igual se te llevan.

—Quién se te lleva.

—Soldados, policías… El que te pille. Peor si es alguien de una banda.

—¿Y entonces? —pregunto.

Mary se revuelve bajo las mantas.

—No sé, Willo. Nunca he estado fuera durante el toque de queda. ¿Por qué quieres saberlo?

—Quiero saber dónde está Padre. Dónde lo han llevado. Y a los demás. Magda. Los gemelos…

—¿Tu Pa tiene papeles? —dice, girando la cabeza.

—Claro que no. Somos renegados. No tenemos papeles.

—Ya, supongo que no. ¿Entonces por qué se llevaron a tu Pa?

—No sé. Geraint se chivó. Pero voy a por él.

—¿Quién es Geraint?

—Un granjero. Sé que se chivó porque volvió a casa después de irse los camiones del gobierno que se llevaron a todos. Pero voy a volver a las montañas, a su granja, a por él.

Descubriré dónde está Padre.

Mary se da la vuelta hacia el fuego, ya casi apagado.

—¿Y ahora cómo vas a ir a por Geraint?—dice y bosteza.

—Lo estoy pensando —digo.

Nos callamos un rato.

—¿Qué es eso de las polillas que vuelan? —pregunto—. Lo que dijo Vince en la taberna. Parece el poema que Padre siempre me cuenta.

—Ni idea. Vince siempre le manda mensajes a Pa de ese tipo.

Espero que no empiece a lloriquear al pensar en su padre muerto.

No lo hace.

—En serio. ¿Cómo vas a volver ahora a las montañas, Willo?

Tiene razón. No será fácil. Hoy ha sido un día tan largo que parece una semana. Gente y más gente por la ciudad. Suciedad, mal olor, camiones y todo el mundo muerto de frío y hambre.

—¿Crees que será difícil, Mary?

No responde.

—¿Mary?

Mary está dormida. Su cuerpo escuálido se mueve arriba y abajo cuando respira. No pienso apagar la vela. Voy a quedarme un rato más mirando su cara. Un poco más de carne en sus huesos y sería bastante guapa.

—¡Aaah!

El viejo se incorpora en su cama dando un grito. Enseguida se tumba otra vez.

Mary no se despierta. Respira fuerte y profundo.

Confiada. Se revuelve y yo la tapo otra vez con la manta.

Oigo el ruido del exterior, hombres y mujeres arriba, en el camino. El sonido se aleja. Mary tiene razón. Aquí abajo estamos seguros.

No va a ser fácil.

Debo hacerlo antes del amanecer.

Ella se pondrá como loca si se lo digo. Querrá venir.

Pero tengo que dejarla. Me hará perder tiempo.

Aquí estará bien. Para empezar tiene este sitio. A este viejo. Él no le hará daño. Y Mary conoce gente. Sabe arreglárselas.

Tengo cosas que hacer. Debo volver a donde pertenezco.

He estado pensando en esos caballos asomados a la verja. Un caballo es lo que necesito para salir rápido.

Mary se mueve otra vez, dormida, haciendo ruiditos. Me pone el brazo en la cara. Apoya una mano fría en mi mejilla. La aparto muy suave.

Le dejaré los guantes que cosí para ella. Los necesitará. La gente de la ciudad no tiene ni idea de abrigarse.

Cuando me ha puesto así la mano me ha parecido dulce como la miel, no sé por qué. Además fue muy lista y muy astuta al conseguirnos esa sopa y este lugar para dormir. No es la niña idiota que pensé que era. No cuando está aquí en la ciudad.

Pero en serio, no hay sitio para nadie más. Debo ir a por Geraint, encontrar a Padre. Ver a Alice. Hace un año que no veo a Alice. No desde que está en la granja de Geraint.

Tengo un nudo fuerte en las tripas por pensar en esa serpiente de Geraint con sus dedos sucios toqueteando las cosas de Padre y chivándose de nosotros. Pienso en dónde estará Padre, en si le veré otra vez.

Tengo un mal presentimiento.

Igual también tengo un nudo fuerte por pensar en dejar a Mary.

Mary se revuelve otra vez mientras duerme.

—¿Willo? —dice soñolienta.

—Estoy aquí, Mary. Duerme.

—No me dejarás, Willo, ¿verdad?

—A dormir, Mary.

La vela parpadea y se apaga. Huelo su último aliento en la oscuridad. Y el pelo de Mary. También huelo eso. Extiende una mano bajo la manta.

—No lo harás, ¿verdad?

No digo nada. La pongo bajo mi brazo hasta que su respiración es profunda otra vez.

Ojalá estuviéramos ahora en lo alto del Farngod.

En lo alto del Farngod, a salvo, entre la nieve.

22

El viejo cazarratas ronca en su cama.

Mary respira profundo.

Me levanto despacito, sin ruido. Entra un poco de luz a través de una grieta en la puerta. Agarro la vela rechoncha y me la guardo en el morral. Saco los guantes y los dejo en el suelo junto a Mary. Sabrá que los he dejado allí para ella porque los he colocado muy bien y muy cerquita. Supongo lo entenderá.

Abro la puerta con una sensación triste dentro. Afuera la luz está empezando a asomar en el cielo. La tormenta aleja las nubes, empieza a clarear por el este. El viento se ha calmado por fin.

Un puñado de nieve cae de las ramas desnudas de los arbustos, un cuervo echa a volar desde la otra orilla. No esperaba verme aparecer, mi aliento es como humo bajo el fresco aire de la mañana.

Es raro estar en el fondo de este canal vacío y enorme. Las altas paredes grises forman curvas a un lado y a otro. Ladrillos sucios sobre mi cabeza. Debo ir hacia el oeste. Hacia el mar. Salir de la ciudad y después encontrar un caballo, y con ese caballo volver a los Rhinogs. A la granja de Geraint.

Avanzo por el camino siguiendo nuestro rastro del día anterior. Pienso atravesar el canal. No creo que vaya a encontrarme con nadie.

Un rayo de sol cae sobre la ciudad. Una suave luz naranja se proyecta sobre los ladrillos. Las sombras sobre los montones de nieve se vuelven moradas y azules como un río congelado que conduce fuera de la ciudad. Ya se oye que la ciudad empieza a despertarse con el nuevo día.

Pronto también despertará Mary.

Debo darme prisa.

Pronto empezará a llamarme.

Porque no le he dicho nada.

No necesitas a esa cachorrita moribunda. Eres el Número uno, recuerda. Debes encontrar a tu manada. Ojo por ojo. Recuerda.

¡Perro bueno ha vuelto!

¿Recuerdas, Willo?

Perro bueno ha bajado corriendo por la noche desde la montaña. Perro bueno ha seguido mi rastro en esta ciudad fría y oscura. No me ha olvidado. En absoluto. Perro me ayudará.

Mis pasos se llenan ahora de esperanza. Es una buena sensación tener a Perro de vuelta. Ahora lo que necesito es un poco de comida para seguir adelante. También un poco de suerte y un poco de astucia.

23

El viejo cazarratas fue listo de hacerse una guarida aquí abajo. Mejor que esas tiendas roñosas de los asentamientos. Avanzo por el fondo del canal entre las sombras bajo los fríos muros de ladrillo. Me abro camino entre los montones de nieve sucia.

A veces paso bajo edificios colocados a ambos lados del canal. Edificios que parecen abandonados y se alzan muy altos sobre el camino. Cientos de ventanas en ellos, agujeros negros en sus muros grises. Hay un par de perros correteando por ahí arriba, uno se asoma a mirarme desde el borde. No reducen el paso, tienen un destino en mente.

El sol cada vez más alto. Bajo la nieve se escucha un goteo de agua. El viejo río no parece seco del todo. A lo lejos, un puente cruza el canal.

Entonces veo el barco.

Está lejos, al otro lado del puente, herrumbroso, apoyado contra una pared del canal. Un barco abandonado en el cauce del canal.

Es muy grande, llega hasta lo alto de las paredes del canal. Ventanas oxidadas, puertas y barandillas desperdigadas por la cubierta y una especie de chimenea que asoma en el medio. Una chimenea grande y redonda que aún conserva un poco de pintura.

Es como la ballena muerta que vi junto al mar un par de años antes. Este barco también parece muerto, retorcido, apoyado sobre su panza, enterrado en la nieve.

Olvidado.

No resulta agradable.

Un camión pasa por el puente. Debo pensar qué hacer. Cavo en uno de los montones de nieve que hay a un lado del camino y encuentro un hueco. Un hueco que es como los agujeros que los niños hacen en la nieve cuando deben estar recogiendo leña o agua.

Ha habido gente en este refugio. Hay asientos derribados y nieve sucia. También botellas de cristal tiradas en el suelo. Recojo una. Está vacía. En la etiqueta pone ErGuoTou. Lo huelo. Es licor.

Me asomo a la entrada. No veo más refugios. No veo nada más que el viejo barco a lo lejos. Estar aquí abajo en el fondo del canal me produce una mala sensación, es como estar en un barranco. Un barranco sin salida.

Me pongo a pensar en Mary. Me pongo a pensar en su mano fría sobre mi cara. En Mary, dormida, que confía en mí.

Alguien grita arriba en el camino. Me agacho. El ruido desaparece. Espero que Mary esté bien con ese viejo barbacana allí bajo los arcos. Qué hará al levantarse y no verme, no lo sé.

Espero que el viejo cazarratas sea buena gente. Mary no es mucho más joven que Alice cuando Alice se preñó de

Geraint. Hay cosas en las que no se puede confiar en un viejo barbacana.

Pero Mary no es tonta. Lo sé.

Un poco más adelante hay una apertura bajo el muro. Dentro todo negro. Otro camión pasa sobre el puente y retumba. Entro.

El túnel parecer desaparecer entre la tierra. No veo nada porque mis ojos no están acostumbrados a la oscuridad. Igual debo volver a por ella. A por Mary, digo. Me acuclillo sobre el frío suelo. Saco el morral de viaje de Patrick, ahí llevo las tortas que me quedan. Patrick hizo un morral estupendo e incluso le puso un nuevo estampado al cuero. Es un hombre de acción: en vez de hablar, actúa. Oí a Padre decir a Magda que es porque no tiene una mujer.

A Magda le interesa mucho eso. Planea llevar a Patrick abajo del río en verano cuando todos vamos a la reunión en Barmuth. Lo siento por Patrick porque cuando Magda empieza a pensar en juntar a un chico y una chica en la reunión de Barmuth es tan astuta como un zorro. Me fijo en cómo hace Patrick el morral porque quiero saber cómo prepara el estampado. Es la regla número uno para aprender cosas si no tienes un libro.

Pensar en Magda y en los otros me produce una sensación triste. La ciudad no está tan ordenada como pensaba. Por cómo Padre habla siempre de ella, pensaba en policía por todos lados y toda la gente metida en casas frías, a las que después obligan a trabajar en minas de carbón o en Wylfa sin ninguna razón aparente. Como Patrick. Pero la ciudad no es así. Es como una roca escarpada que se alza en la montaña, una imposible de conocer de memoria porque nunca la escalas dos veces por el mismo sitio. Parece que a la ciudad le da igual todo. No es más que gente corriendo asustada de un lado a otro, intentando sobrevivir. Hasta donde he visto no parece tener ningún orden. Me siento como un gusano, un gusano diminuto perdido en una inmensa nada.

Mary me atrae como un imán.

Vi un imán cuando pequeño. No sé de dónde lo sacó Padre pero nos enseñó todos los trucos que se pueden hacer con una cosa mágica de esas. Hace que se le peguen trozos de metal. Padre dice que puedes hacer electricidad con un imán y que no es magia, *es ciencia*. Pues si eso no es magia no sé qué lo será porque incluso los trucos de magia que hacen a veces en la reunión de Barmuth no son más que trucos que hacen los padres, con la cara pintarrajeada, para entretener a los niños. Pero el imán es real, lo atrae todo.

Algo me hace girarme. En lo oscuro, al final del túnel.

Entorno los ojos, el corazón me late fuerte en el pecho. No lo espero. No espero nada aquí abajo escarbando en la oscuridad.

Es un quejido.

Me incorporo, atisbo en la negrura.

Otro gemido.

Saco rápido la yesca y enciendo el trozo de vela que llevo en el morral. Lo sostengo en alto, protegiendo la llama con la mano. Me adentro en el túnel.

Un destello.

Algo al final del todo.

Algo al final, en la oscuridad.

No se mueve.

Cuelga del techo.

Tiene extremidades.

Una mancha oscura en el suelo.

Nieve.

Se me hielan las tripas.

Un animal. Despellejado. Colgado de las patas traseras. El cráneo es una masa de tendones y globos oculares vidriosos que sobresalen. Sangre congelada por todas partes, en la nieve, pisoteada. La piel cortada a tajos.

Es horrible.

Es un perro. Un perro mutilado.

Algo escrito en la pared.

NO HAY LEY

HAZ LO QUE QUIERAS

Oigo el gemido otra vez. En la esquina más lejana hay otro perro, este vivo, atado al muro con una cuerda. Es solo un cachorro. Un cachorro sarnoso color marrón encogido en una esquina, con el rabo entre las patas, las orejas gachas, temblando.

—Eh, cachorrito. Tranquilo. No te haré daño.

Me agacho. Toco la cuerda. El cachorro intenta alejarse de mí, gimiendo y escarbando entre la suciedad.

—Ven, perrito, no te asustes.

Le pongo una mano en la cabeza. Está suave. Le paso los dedos por el lomo. Tiembla. Está escuálido. Le quito la cuerda que le apresa el cuello. El cachorro asustado se aleja de mí.

—No te haré daño.

Pero el cachorro se escabulle por la pared y sale del túnel hacia la nieve sin sacarse el rabo de entre las patas. Quiere ser libre, eso es todo.

Me pinchan las tripas de pensar quién ha podido atarlo aquí. De pensar en ese perro mutilado que cuelga del techo. Debo salir de este apestoso canal. Pronto.

Pero lo pienso demasiado tarde.

—¡Eh!

Unas sombras aparecen en la entrada.

Gente, siluetas a contraluz. Niños. Altos y bajos. Entran en el túnel armando mucho ruido.

Una niña pequeña se acerca danzando hasta mí. Como mucho tendrá ocho años, tiene la piel tersa y ojos pintados de rojo. Manos y pies envueltos en harapos. Lleva un palo y empieza a atizarme con él, justo debajo de las costillas.

Alguien me empuja y me agarra los brazos por detrás.

—¡Colgadle con el perro!

Una chica más mayor aparta a la niña del palo.

Tiene un ojo blanco, lechoso, igual que el viejo Roger que construyó el bote en Barmuth hace un verano. Es lo último que veo. Un ojo blanco y muerto. Un ojo que no parpadea.

—Encapuchadlo.

Alguien me cubre la cabeza con un saco. Un saco áspero que huele fatal.

Todo oscuro.

Algo me golpea la cabeza.

Mi cabeza cruje, como una rama que se parte.

El mundo desaparece.

Me agarran unas manos.

Todo oscuro.

Me hundo.

Perro…

Ayúdame.

24

Tengo las manos frías. Tanto que ni las siento. Ni guantes ni abrigo.

Hice los guantes con la piel de una gran liebre que apresé en Farngod. Tras cazarla dije mis palabras y volví corriendo a casa con Padre. Esa noche no pasamos hambre. *Esta piel no es para Geraint*, dijo Padre. Así que le quité la piel a la liebre y raspé su sangriento pelaje, grasa y carne. Lo puse en remojo hasta dejarlo suave. Entonces Magda me enseñó cómo cortar los guantes con la forma de mis manos y después coserlos de forma que la piel quede suave y holgada. Después engrasé la piel y la decoré con mi propio estampado, los hice largos para que no entre nieve. También los cepillé y disimulé las costuras, le di una doble puntada para mantener las manos secas y calentitas durante las tormentas de invierno.

Eran un buen par de guantes.

Pero ya no los tengo.

Peor aún lo de mi abrigo. Voy a morir congelado en el suelo.

Hace mucho frío. La cabeza me da vueltas, se me escapa un vómito caliente dentro de la capucha. Siento como si mis pies están en el fondo de un río helado. Se me agolpa la sangre en las sienes. Siento como si floto, entumecido, balanceándome como una hoja al viento.

Y pienso en Mary.

Tengo un sueño que me arrastra lejos. Escucho a Padre. Me llama. Debo correr. *A veces los hombres no son humanos*, dice.

¡Corre!

Me agarrarán y me extenderán sobre su fuego, me arrancarán la piel y se harán una tienda con ella, hervirán mis huesos, pero no es por el lebrato. El lebrato sentado bajo su madre todavía caliente, encogido y asustado. Pero yo no lo maté.

En este sueño veo a Perro sentado en la cresta de la colina. Le veo agachado y lamiéndose la ijada, como si todo le diera igual. *Te lo dije, abandona a los cachorros moribundos, busca al Número uno*. A su espalda el cielo se vuelve azul, brillante, el sol centellea sobre la nieve. Como en verano pero más cálido aún. Me levanto y Padre me toma la mano tal y como hacía hace mucho tiempo. He olvidado por qué, pero me lleva a un lugar especial. Habré hecho algo bueno, pero no recuerdo qué. Padre me lleva hasta unos árboles. Ha sido un camino largo y el sol calienta mucho. Abajo en el valle queda un último roble. Le salen hojas frescas como las regordetas manos de un bebé.

Padre me sube a uno de los árboles. La corteza es gruesa y dura y mis dedos se sueltan de las grietas y Magda dice, *Escala, Willo, a ver hasta dónde llegas*. Y escalo por el árbol porque Padre está abajo mirando y voy a demostrarle que soy un espartano o un esquimal o una de esas cosas que me dice cuando hago las cosas bien.

Padre y Magda están abajo recolectando bellotas. Padre va a meter una de las bellotas en el suelo y mostrarme cómo crece con los años. *Debemos plantar árboles para los que vengan después*, dice. Entonces un año, tras el deshielo, el arbolito resulta estar muerto. No ha sobrevivido a la nieve y el frío.

Pero estos árboles se hicieron grandes antes de la nevada. Magda dice, En los viejos tiempos el bosque era verde y cálido todo el verano y a veces nevaba en Navidad pero todo el mundo se ponía contento y los niños sacaban trineos y la gente patinaba sobre los lagos. Imagínatelo. Entonces nadie hacía pan a partir de bellotas secas. Y Magda empieza a llorar con fuerza y se apoya en el hombro de Padre y dice, *Lo siento, Robin, lo siento, esa era mi vida*. Y Padre le acaricia el pelo y yo le digo que me mire subido al árbol y Padre le susurra algo a Magda y ella también mira, intenta sonreír pero veo que tiene los ojos mojados. *Mira qué bien has subido*, dice, enjugándose la cara. *Mírate, Willo, eres como Robin Hood.*

Y entonces me siento como un rey.

Un pájaro pasa volando con una brizna de hierba en el pico, se está haciendo un nido calentito en el árbol. Cuando miro abajo Padre ya no está, ni Magda, solo un enorme agujero negro que lo cubre todo. El cielo deja de ser azul. A lo lejos los lobos aúllan y el viento sopla y la nieve empieza a caer. Tengo tanto frío. Las ramas se estremecen y yo me quedo colgando y grito, ¡Padre! ¡Padre!

En la oscuridad veo lobos merodeando alrededor del árbol, escucho sus gruñidos, sus pisadas, escucho a Padre gritar y pelear; el viento me empuja pero estoy sujeto con fuerza. Padre grita pero no consigo verle. Debo subir más alto entre las ramas. *Mira qué bien has subido.*

Sigo escalando, las ramas me arañan la cara y me agarran las piernas, pero llego a la copa y me abro paso entre las hojas.

Ahora puedo oler la dulce brisa, envuelta por el aroma de la hierba. Cuando asomo la cabeza por el aguacate el sol me ciega los ojos, la oscuridad desaparece bajo mis pies y arriba el cielo está rebosante de luz. El viento me arranca de las ramas y empiezo a flotar por encima del suelo. Abajo los gritos son muy débiles, cada vez más. Veo a un perro, es Perro, sentado en lo alto de la montaña, con las orejas levantadas en dirección a mí, rodeado por briznas de hierba que ondean con el viento. Perro se levanta y se despereza como hacen los perros, después empieza a correr por el desfiladero. Pero ya no necesito a Perro, no ahora que floto por el aire, cada vez más alto. Veo la tierra debajo de mí, las colinas nevadas cubiertas de liebres. Los valles verdes. Veo los mares agitados y tormentosos con enormes ballenas que escupen agua. Llego tan alto que estoy entre las estrellas. El cielo se pone oscuro otra vez, pero no negro como antes, sino de un verde oscuro como el fondo de una charca. Las estrellas, tan brillantes, son como motas de polvo que absorben la luz que las rodea.

Lo ves todo, ¿verdad? Es Mary, está justo detrás de mí, tomándome la mano, flotando hacia la luna. O tal vez es el sol.

—Ya vale, hay que despertarse —dice.

—¿Y Padre? —pregunto.

—Hay que despertarse, Willo. Despierta.

—Despierta.

Siento una mano en el hombro, me voltea.

Alguien me está quitando el saco que me cubre la cabeza. En el suelo delante de mí hay una vela, una vela chiquita pegada a un platillo de hojalata. La llama es brillante y anaranjada, parpadea con la brisa.

Mi abrigo está doblado en el suelo.

Estoy despierto. La cabeza aún me da vueltas.

La mano en mi hombro. La voz de una chica que habla.

—¿Mary? —digo.

—Tienes que levantarte. Rápido. Volverán pronto.

Aparece un rostro junto a la vela, cubierto por una capucha. No es Mary. Es la chica del ojo blanco. La de la banda de niños.

—¿Cuánto tiempo llevo aquí?

—Tienes que levantarte —me iza por los hombros.

—¿Dónde estoy?

—En Barton Lock. Vamos, ¿puedes mantenerte en pie?

Me froto las muñecas y me levanto del suelo.

—Sí, puedo.

—Tengo tu abrigo. Ten. Sígueme.

Me pongo el abrigo sobre los hombros congelados. Huele bien, huele a hogar.

—¿Cuánto tiempo llevo aquí? —susurro.

Se da la vuelta con un dedo sobre los labios.

—Toda la noche. Venga. Chsst.

Siento el aire frío que viene del exterior filtrándose por el gélido túnel. Escucho a la chica por delante de mí.

Y entonces hay más luz, la tenue luz grisácea del amanecer que se refleja sobre la nieve.

—Espera —le digo a la chica.

Se da la vuelta. Me mira.

—No tardarán en venir a buscarnos —dice—. No nos queda tiempo.

—¿Quién?

—La banda.

—¿Por qué me ayudas?

Se encoge de hombros.

—A lo mejor puedes ayudarme. No tiene sentido andar solo por la ciudad. Además, tu abrigo es valioso —se da la vuelta y observa el lecho del canal—. Aquí abajo no estamos a salvo. ¿Por qué bajaste al canal? ¿Querías morir?

—Bajé con un viejo. Vive un poco más adelante, bajo los arcos.

—¿El viejo cazarratas? —dice la muchacha tuerta.

—Sí, eso creo.

—¿De dónde has salido con esos guantes y ese abrigo de piel?

—De las montañas —digo—. Muy lejos de aquí.

Me mira fijamente.

—No puedes bajar a Barton Lock en pleno invierno. La gente es capaz de matarte por conseguir algo caliente para abrigarse. O simplemente por diversión.

—No entiendo.

—Te atrapó nuestra banda. Viven en ese barco de allí. Fue una estupidez bajar al canal. Nadie baja aquí. Ahora vas a ayudarme. Por eso que te he devuelto el abrigo. Vale mucho.

—No recuerdo qué ocurrió.

—Te dieron un golpe fuerte en la cabeza —dice.

A lo lejos unas torres se alzan hacia el cielo. Detrás nuestra el canal vacío y la gente que son como lobos y las espantosas tiendas del asentamiento.

La chica escala por un enorme montón de nieve desperdigado por el camino.

—Pero debo volver. Buscar a mi amiga —digo.

—No puedes volver ahí abajo. Volverán pronto. Estamos cerca de la ciudad. Si conseguimos pasar los controles... Escucha, no te he salvado para que ahora te largues sin más.

La chica se vuelve hacia los fríos y duros edificios que se recortan sobre el horizonte.

—No está lejos, pero hay que ponerse en marcha. Venga.

Me pregunto si todo lo que me han contado los mayores es verdad. Si volverán los viejos tiempos. Si esto no es más que una época en que los hombres se han olvidado de ser buenos.

Porque no lo sé. Igual Padre y los barbacanas no han hecho más que contarnos mentiras junto al fuego. Al hablar de faros de esperanza y darnos lecciones. Lo que Patrick llama *moralizar*.

Todo eso está muy bien, me dice Patrick cuando estamos talando el serbal muerto que hay junto al río, la primavera anterior, *pero a veces tienes que seguir tus instintos.* Al decir eso se golpea el estómago. Sus músculos se tensan bajo la áspera túnica de lana que le tejió Magda. *Tu instinto asesino*, dice, levantando el hacha sobre su cabeza, *a veces eso es lo que hay que seguir*.

La chica se da la vuelta y me mira fijamente. Se rasca la cabeza.

—Nunca antes habías estado en la ciudad, ¿verdad? Así que vienes de las montañas.

—No te miento, si eso es lo que piensas.

—No he dicho que estuvieras mintiendo —dice.

—Tengo que volver. No voy contigo. Mary. Mi amiga.

—Si te atrapan otra vez, te matarán.

Entonces escuchamos gritos a lo lejos. Palos golpeando los muros de ladrillo. Resuenan por todo el canal. Gritos y golpes como los ruidos rabiosos que escuché en el asentamiento la otra noche. La chica se pone en marcha otra vez.

—¡Te lo dije! ¡Deprisa!

A lo lejos se enciende una antorcha, la veo moverse.

Hemos dejado muy atrás el canal. La chica se desliza entre algunas tiendas y se arrastra bajo un muro roto. Llegamos a una carretera. A nuestro alrededor se alzan edificios ennegrecidos. Las calles están llenas de gente. Solo la sigo porque ni idea de dónde estoy.

—Hay que encontrar algo de comer —la chica me mira con su ojo lechoso. Se frota el antebrazo, moviéndose nerviosa sobre un pie—. Venga. Debemos llegar a St. Ann's antes de que la cola sea demasiado larga. Después podremos ir a pedir a Arndale.

Estoy cansado y dolorido por la carrera. El hambre se me aferra a las tripas como un perro rabioso.

Un camión llega pitando por la carretera, todos se apartan. Unos soldados con gruesos abrigos grises de fieltro y gorros de piel miran a la gente empapada sobre la nieve sucia y medio derretida, sujetando con fuerza sus pistolas mientras pasa el camión.

—¿Por qué tienen pistolas?

La chica no responde. Me aparta.

—¿Por qué tienen pistolas?

—Y yo qué sé. Son soldados, por eso.

Al otro lado de la calle, en una esquina, veo un alto edificio de ladrillo, con enormes ventanas cuadradas y las cornisas cubiertas de nieve. Una fila de hombres y mujeres andrajosos esperan alrededor de la puerta. La gente va y viene como caballos exhaustos. Las mujeres arrastran niños pequeños y los viejos deambulan envueltos en abrigos de lona.

La chica tira de mí, hasta meternos entre la multitud. Atravesamos las puertas. Primera vez en una habitación tan alta. Y tan grande. A cada lado hay bancos de madera que miran hacia el frente y el techo es alto como en un granero. Los gritos y las voces resuenan por la bóveda.

A cada lado de la habitación hay mesas. Mujeres detrás de unas pilas de harapos y botas, entregan ropa a la gente que se acerca.

—¡Una cada vez! ¡Una cada vez!

Un tipo bajito con la cara colorada y sudada cruza la estancia a duras penas cargando con un enorme cubo de sopa. Lo pone sobre una mesa. La gente se arremolina en torno a él.

Un bebé chilla y sus gemidos resuenan por encima de todo el estruendo. Incluso esta gente hambrienta entiende ese sonido. El mar de piernas se abre y varias manos empujan a la madre hacia el principio de la cola, después la masa de piernas se cierra detrás de ella.

—Tengo que lavarme un poco —dice la chica—. Conozco a la mujer.

Va hacia una puerta que hay en la pared y llama.

La puerta se abre. Aparece una mujer de cara redonda envuelta en una nube de vapor.

—Soy yo, Cath —dice la chica.

La mujer nos deja entrar. Paso por debajo de su brazo.

—¿Es amigo tuyo?

No digo nada. No voy a decirle a esta mujer sonriente de cara redonda que en realidad no conozco a la chica del ojo lechoso. Simplemente intento disfrutar de la calidez de esa larga habitación sin ventanas. Parece como el día de limpieza, con cubas de agua hirviendo sobre la estufa, cubas llenas de harapos y el olor a jabón caliente en el aire.

No, no digo nada porque sigo pensando en qué le ha pasado a Mary y en cómo voy a volver a las montañas y encontrar a Padre y atrapar a Geraint y todo eso. Y en verdad a la mujer le doy igual. Tiene esa expresión de impotencia que pone la gente cuando trata de ser amable y hacer algo bueno.

—No te vendría mal un baño, Cath. Coge esa vasija y también un cuenco de agua caliente. Allí.

En un rincón hay una urna humeante llena de agua caliente y la chica llena una vasija de metal de un estante. Se quita la chaqueta. La veo sumergir sus manos rojas y escuálidas en el cuenco de agua calentita.

—Tú también, jovencito. Tienes la cara cubierta de sangre.

Me acerco y me lavo la cara. Es agradable sentir calor en la piel y en las manos. Meto la cabeza entera. Me limpio la sangre y la mugre. Es una sensación agradable.

—Te has metido en una buena, ¿eh, muchachote?

Es la mujer, que me habla.

Me enjuago el agua de la cara con la manga.

—No hablas mucho para ser un chico que ya tiene edad para tener su propio bebé y que además ha conseguido un abrigo de piel tan bonito —dice.

—Es tímido —dice la chica, mirándome fijamente.

—Bueno, no le culpo. No le culpo en absoluto. Bajad al refugio. Las calles no son un buen sitio con este frío. No lo son en absoluto.

Entonces mira a su alrededor como si hay alguien mirando, aunque no hay nadie más aquí aparte de nosotros.

—Ten, toma esto —saca un trozo de jabón de una taza y lo envuelve en un trapo—. No se lo digáis a nadie o tendré a la mitad de las mujeres del refugio rondando por aquí. Allí es donde deberíais estar, abajo en el refugio. Venga, salid antes de que alguien os encuentre aquí —nos empuja hacia la puerta—. Marchaos y que Dios os bendiga. Que Dios os bendiga.

Se parece a Magda, porque piensa que el jabón es como un tesoro y no deja de hablar de Dios.

La chica se guarda el jabón en el bolsillo. La mujer nos saca a empujones de aquella habitación calentita. El ruido y el olor y el frío me golpean en la cara.

—Vieja bruja... Mira, ni se ha dado cuenta de que me he llevado una pastilla entera de jabón —la chica se saca un gran bloque cuadrado del bolsillo—. Puedo venderlo en Arndale y conseguir algo de priva para los dos.

—¿Por qué quieres priva?

—Por hacer algo.

—¿No es mejor conseguir comida?

—¿No quieres priva? Pues peor para ti —se guarda el jabón—. Me la beberé toda yo.

Entonces se ríe y empieza a frotarse el brazo y a dar vueltas sobre sí misma. De repente mira nerviosa a su alrededor, excitada, primera vez que la veo así.

Mira alrededor todo el rato.

—No creo que debas llevarte ese jabón —digo.

—Ya, claro. Pero luego querrás comer, ¿no? Dame tu abrigo, nos darán una buena pasta por él en Arndale.

—No pienso vender mi abrigo. Es lo único que tengo para el frío.

La chica se me queda mirando.

—Me he arriesgado mucho para sacar ese abrigo. ¿Por qué crees que te ayudé? ¿Te crees mejor que yo porque tienes un hogar en las montañas donde todo el mundo tiene abrigos de piel y un montón de comida?

—No. No es eso.

—Hay gente que dice que ya no quedan renegados —su voz se vuelve malvada—. Solo ladrones que llevan a sus ancianos a morir entre la nieve de las montañas. Eso es lo que dicen.

—Nosotros no nos comemos los unos a los otros ni perseguimos a niños hambrientos.

—Bueno, pues eso es lo que dicen.

—Los renegados no son ni la mitad de salvajes que la gente que he visto en la ciudad.

Pero la chica no me escucha, se frota el hombro y se revuelve inquieta.

—¿Por qué crees que te ayudé? —me agarra del brazo— Deberías darme tu abrigo para comprar priva.

La aparto de un empujón.

—¡Que no lo vendo!

Entonces su cara escuálida toma una expresión de odio.

—Pues tú mismo. No durarás ni un día aquí.

Escupe al suelo y se aleja entre la multitud.

Se ha ido. Entre el sucio mar de piernas y lonas y harapos que hay dentro del gigantesco edificio.

Parece que en la ciudad no se consigue nada gratis. Ni siquiera un amigo.

*

La chica no vuelve.

Recorro sigilosamente el edificio intentando encontrarla entre la gente que escarba en los montones de mantas y zapatos viejos.

Pero no está.

Me acurruco en un hueco de la pared en donde nadie se fijará en mí. Monto guardia. Aquí no me encontrarán.

Me quedo dormido.

Alguien choca conmigo y me despierto. Al principio no sé dónde estoy, pero no tardo mucho en recordar.

Ya no queda casi gente. Es por la tarde y tengo un hambre de lobo. Alguien grita.

—¡Vamos, todo el mundo fuera!

Pero yo no tengo adónde ir. La chica no vuelve. Al menos me alegro de no haberle dado mi abrigo.

Escucho un ruido y me doy la vuelta. Es la mujer del baño y la cara redonda. Sale a toda prisa por la puerta, con un gran abrigo que le cubre sus brazos rosados. Cierra la puerta con llave. Me acerco. Le tiro de la manga.

—¿Qué puedo hacer?

Al principio no entiende qué quiero decir. Entonces parece recordar.

—¿Aún sigues aquí? Te dije que bajaras al refugio antes de que se llenara.

—Ni idea de dónde está el refugio.

Se pone seria. Pero sé que tiene buen corazón, si solo se quitara ese enorme abrigo de lona que lleva como un escudo…

—No sé por qué me lo dices a mí. ¿Qué se supone que puedo hacer? No eres el único niño hambriento que hay en la calle. Sabe Dios que ya tengo bastantes problemas. Tienes que irte. Vamos a cerrar.

Es cierto. Un tipo grandote está junto a la puerta gritando que es la hora de los oficios. Unos cuantos viejos avanzan cojeando hacia la puerta.

La mujer está a punto de irse, pero entonces mira hacia abajo. Saca su bolso.

—Mira, esto es lo único que tengo, y que Dios me ayude por dártelo. Ten.

Saca una jarrita de su bolso. Está llena de leche.

—Quédatela. ¿También estás enganchado al opio?

—¿Opio?

—¿Lo mezclas con tabaco? ¿Como la chica, Cath?

—No.

Entonces me mira fijamente a los ojos.

—Te compro el abrigo, te daré una buena suma.

—No lo vendo.

La mujer aparta la mirada.

—Entiendo. Yo en tu lugar tampoco lo vendería ni por todo el oro de China.

—¿Adónde puedo ir?

—No lo sé, chico. Si supiera adónde deberíamos ir, yo

iría la primera. En el refugio te acogerán. Estoy segura. No puedo hacer más por ti.

Me deslizo entre las sombras y me acuclillo con la jarra de leche.

La gente que da ropa y sirve comida sin parar empieza a salir de los oscuros rincones. Hombres y mujeres con cara de cansancio, salen en silencio y se sientan en los bancos, miran hacia el vestíbulo. Entonces un hombre se levanta y sube por unas escaleras que rodean una columna. Se coloca sobre una pequeña plataforma.

—Hermanos —dice.

Me bebo la leche. Está buena y cremosa.

—El Señor es mi luz y mi salvación. ¿A quién temeré? El Señor es mi fortaleza. ¿Quién podrá amedrentarme?

El tipo de la plataforma contempla a toda esa gente triste y cansada.

—Cuando me asaltan los malvados para devorar mi carne, ellos, enemigos y adversarios, tropiezan y caen. Aunque me asedie un ejército, mi corazón no temerá; aunque me declaren la guerra, me sentiré tranquilo…

Alguien tose.

—Recordad estas palabras, amigos míos. En estos tiempos inhóspitos, ¿quién podrá amedrentarnos? Tan cierto como que ahora es invierno, llegará el verano. Tal vez sea breve, pero el sol brillará y limpiará nuestras congojas al tiempo que limpiará la nieve sucia y el hielo. ¡El hombre piadoso salvará su alma, pero aquellos que sean crueles condenarán su carne!

Por como habla, parece que va a darle a toda esa gente cansada una lección. Murmuran como ovejas dentro de un redil. El tipo empieza a hablar de un hombre que estaba ayudando a alguien en la carretera por la que venía. Levanta la voz al hablar de él y lo llama *Buen Samaritano*. Habla entonces de nieve y hielo y perdones. Es una buena historia.

Pero en lo único que puedo pensar es en mi barriga vacía y en dónde voy a pasar la noche y en lo curioso de que haya gente cuyo trabajo consiste en dar de comer a otra gente, y de que algunos vivan de su caridad y otros simplemente se lleven las cosas de los demás sin preguntar. Y yo, yo no sé lo que soy.

La gente agacha la cabeza, murmura unas palabras... *danos hoy nuestro pan de cada día... perdona nuestras ofensas como también nosotros...* Igual que Magda. Ella dice las mismas palabras todas las noches mientras Padre se revuelve bajo las mantas diciendo, *Lo que necesitas es un abrigo y no una oración, así que métete, mujer. Como no te metas pronto te vas a congelar*.

Pero sé por qué Magda dice sus palabras. Por la misma razón que yo. Yo digo mis palabras arriba en el Farngod porque a veces necesitamos que alguien nos escuche, que haya algo ahí fuera, en medio del valle azotado por el viento y asolado por la muerte. Algo más que el viento y la nieve.

Pasa lo mismo con esta gente, solo que ellos no tienen liebres que cazar ni un perro con el que hablar. Solo tienen a ese hombre erguido delante de ellos que intenta conseguir que les den menos miedo las cosas horribles que les rondan por la cabeza.

Me termino la leche.

La mujer de la cara redonda gira un poco la cabeza para mirarme y parece que sonríe.

La lección ha terminado. Imagino que ya es hora de que me vaya de la iglesia.

25

Al estar todo el día bajo techo he olvidado el mal tiempo que hace. He olvidado que todo el mundo parece querer aporrearme la cabeza para llevarse mi abrigo. Doy gracias por haber podido descansar todo el día en esa iglesia.

Sus enormes puertas se cierran detrás de mí. Afuera la nieve está pisoteada, restos de la gente que estuvo haciendo cola. Una espesa nube de contaminación lo cubre todo, flota entre los edificios altos y oscuros. La ciudad huele fatal, un olor fuerte que me quema las fosas nasales. Todas las contraventanas están cerradas y la nieve empieza a caer, copos grandes que bajan lentamente desde el cielo.

La mujer del baño me dijo cómo llegar al refugio, aunque no sé si lo recuerdo todo. Dijo que había *una buena caminata. Atraviesa Corporation Road*, dijo. *Pregunta a alguien si te pierdes*. No creo tener ganas de preguntar nada a nadie.

Ojalá Mary aquí.

A esta hora de la noche hay poca gente por la calle, solo un hombre encorvado que carga con un saco. Pasa de largo.

No parece peligroso ni demasiado fuerte como para robarme. En realidad ni idea de adónde voy. Porque no hay árboles ni rocas ni valles para orientarse. Solo edificios altos y oscuros que parecen todos iguales.

Camino un poco más rápido. El viejo dobla una esquina, aligero el paso con cuidado de no resbalar. De repente aparece por un callejón una banda de chicos, nada más pasar el viejo barbacana. Le rodean, pegan gritos. Uno le golpea en la espalda y el viejo cae al suelo. Me entra miedo y me encojo contra la pared. No me han visto. El viejo grita asustado. *¡Largaos! ¡Largaos de aquí!* Se cubre la cabeza con las manos. El saco se abre y unas cuantas patatas ruedan por la nieve.

Pero a los chicos les dan igual las patatas, solo quieren divertirse. Le siguen golpeando la cabeza mientras ríen. Espero que no me vean, ni tampoco mi abrigo calentito.

La banda se dispersa corriendo. Ya se han cansado.

El viejo empieza a escarbar en la nieve para recuperar sus patatas. Cuando me ve acercarme se encoge acobardado.

—Llévatelas, sí sí, llévatelas. Llévate la comida. Llévatela.

—No voy a hacerte daño.

El viejo me mira desde el suelo. En sus ojos miedo. No confía en mí. Ni un pelo.

Me agacho, recojo sus patatas, las meto otra vez en el saco.

Ahora el viejo se levanta. Le doy el saco.

—Ten. Dije que no te haría daño. Solo quiero saber dónde está el refugio.

Sostiene el saco. Se queda quieto. Espera a ver qué hago.

—Tienes que volver a Corporation Road, sí sí. Tienes que volver y subir hasta Redbank. Si quieres refugio tienes que llegar a Redbank.

Tiene la cara escuálida, con un rastrojo de barba gris en las mejillas.

—¿Lejos? —digo.

—¿Eso es un abrigo de piel de perro? —dice alargando la mano.

Me agarra de la manga con su mano enguantada.

Examina las costuras.

—Un abrigo a la antigua usanza, ¿eh? No está hecho para lucirse. Pero la piel es buena. ¿Cómo ha conseguido uno de estos un chico callejero como tú?

Me mira a los ojos.

—Lo hice yo —digo.

El hombre mira a un lado y otro de la calle. Farfulla algo. Apoya la barbilla en el pecho.

—Ajá. Puedes venir conmigo y compartir estas patatas junto al fuego. Si quieres. Está más cerca que el refugio. Mucho más. Solo está mi mujer en casa. Solo mi mujer. ¿Qué me dices?

No sé qué pensar. El viejo barbacana me observa desde debajo de su capucha. No tiene ojos hambrientos… pero nunca se sabe.

Siento el espíritu del perro. Corre por la nieve con su manada. De vuelta a las montañas. Pulcro, con el pelaje brillante, el hocico húmedo. Se detiene. Me mira por encima del hombro.

Parece que Perro entra y sale cuando quiere de los oscuros rincones de esta ciudad. Nunca sabes cuándo estará pisándote los talones. No le gustaba Mary. No. Tampoco estar aquí.

En la oscuridad debes seguir tu instinto, Willo. Se aleja de la manada y aúlla. Si no vienes ahora, te quedarás solo.

El viejo barbacana me mira. Esperando.

—Ven conmigo. Ven conmigo. Tengo algo de comer en torno al fuego, ¿eh?

La voz del viejo suena bien.

¡Sigue tus instintos, Willo!

Pero ese fuego calentito suena a hogar.

—No pienso vender mi abrigo —digo.

—¡No no! Con este frío, más te vale no hacerlo. Venga, te prepararé un guiso rico, rico, sí sí.

El viejo me mira como si leyera dentro de mi cabeza.

—Pero deprisa. Mejor no quedarse por estas calles mucho tiempo. No está lejos. No no, no está lejos.

Echa a andar por la carretera, me hace un gesto para que le siga.

—Por aquí, no está lejos, no no.

El viejo barbacana dice que no está lejos pero es una buena caminata la que hacemos, él arrastrando lentamente los pies por las calles heladas.

—Ya hemos llegado, sí sí.

Una torre enorme se extiende hacia el cielo. Huele a humo. Mucho. Afuera un grupo de niños ronda junto a una pila de basura ardiendo. No nos hacen ni caso.

El viejo me hace pasar frente a ellos y subimos unos escalones. Entramos en el enorme agujero negro que es el umbral. Huele a pis de gato y a podredumbre en esta montaña de hormigón y ladrillo. Unos escalones oscuros suben por el interior, nuestros pies resuenan al pisarlos, las manos pegadas a la pared para guiar el camino.

—Ahora cuidado, sí sí, cuidado con las escaleras.

A lo lejos, en las tripas del edificio, una puerta se cierra de golpe. Pasos en la escalera. Cruzamos varios rellanos.

La peste procede de unos cubos llenos de excrementos. Hay uno en cada puerta.

Me paro y el viejo me ve.

—No te preocupes por eso, no no, sigamos.

No me gusta meterme en este edificio húmedo y apestoso. Ni un pelo.

Un gato sale bufando de un rincón húmedo y baja por los escalones muy rápido. Una mujer ronca en la escalera. Es una mujer sucia y apestosa, le huele el aliento a priva. Pasamos de largo. Entonces ya no hay luz. Oscuridad absoluta. El viejo se para. Oigo su respiración.

—¿Estás bien?

—Sí.

—Ten cuidado, sí sí, hay que tener cuidado en estas escaleras tan oscuras. Pero ya no estamos lejos, no no, ya no estamos lejos.

Sigo el sonido de sus pasos, cuidado, no quiero tropezar con uno de esos cubos. El viejo camina encorvado, jadea y resopla. Finalmente se para y se saca una llave del abrigo. Tantea la puerta a oscuras, oigo un chasquido, la ha abierto.

—Tranquila, cariño, soy yo —dice a la oscuridad.

La habitación huele a pan y cebolla. Un ventanal enorme en la pared contraria. No está atrancada. Al otro lado el cielo, brillante, parece un cuadro en este cuarto tan oscuro. Cuando se te acostumbra la vista a la oscuridad, descubres que la noche no es tan negra como parece.

Desde aquí arriba se ve toda la ciudad. Tejados cubiertos de nieve, humo saliendo de los edificios, montones y montones de casas. Nada más que eso hasta que la ciudad desaparece por el horizonte, bajo las nubes. Y detrás de ellas brilla la luna, la misma luna que veía en el granero en las noches claras.

El viejo está trasteando en un rincón. Intenta encender algo. Farfulla entre dientes. Desde el fondo de la habitación llega una voz.

—Jacob, ¿eres tú? ¿Ya has vuelto?

—Sí sí, cariño. Soy yo.

—¿Has traído las patatas?

—Sí sí, tengo las patatas, no tardaré mucho, mi amor. Estoy encendiendo la estufa. También he traído a un chico, sí sí, un chico.

El viejo coloca la vela delante de un espejo roto y la llama se enciende poco a poco. En un rincón hay una cama cubierta de mantas y almohadas, dentro una mujer mayor. Solo se le ven las manos y la cabeza. Nos mira. Sus ojos brillan a la luz de las velas.

—¿Un chico, Jacob?

—Sí sí. Un chico muy majo, me ayudó, pero no tiene dónde quedarse en esta fría noche. Es un muchacho frío y escuálido, sí sí, y la noche es muy fría.

—¿Por qué le has traído? Seguro que nos roba.

—No no. No vas a robarnos, ¿verdad?

—No —digo.

Sobre la cama un estante con libros y un viejo reloj que hace tic tac.

El viejo Jacob enciende un fuego en una estufilla que hay junto a la ventana. Saca pedazos de carbón de un cubo.

La pared está cubierta de cubos y vasijas, sacos y trozos

de cuerda y un viejo alambre de metal y toda clase de cosas. Sobre el fuego hay una barra, cuelga del techo con unas cuerdas. Encima un suéter de lana, igual que en casa. Jacob se quita los guantes y el abrigo, rígidos y empapados, y baja la barra que hay encima del fuego. Entonces cuelga el abrigo y se pone el suéter.

—Acércate un poco más, chico. Desde aquí no te veo —dice débilmente la mujer de la cama.

Jacob se acerca y me empuja hacia su mujer.

—Mira este abrigo. Míralo —dice, sujetando la vela en alto.

La vieja se recuesta sobre los almohadones.

—¿Qué vamos a hacer con un chico?

Sus manos son escuálidas, nada más que hueso y pellejo.

—No des la lata con tantas preguntas, querida. Está hambriento como un perro. ¿No es así? Hambriento como un perro.

El viejo enciende otra vela y regresa junto al fuego, saca unos cazos.

La mujer me mira.

—¿Cómo te llamas?

—Willo.

—El abrigo, Elizabeth, mira su abrigo. Dice que lo hizo él.

El olor del guiso que está cocinando el viejo me alborota las tripas, pero me quito el abrigo y se lo entrego a la mujer, que alarga una mano nudosa. Me siento junto al fuego calentito.

Los viejos sujetan mi abrigo, cada uno un lado. Están como locos con él, no sé por qué. Examinan de cerca las costuras y lo miran de arriba abajo.

Echo un vistazo a su habitación. Difícil ver algo con la lucecilla de esa vela diminuta. Hay una puerta junto a la cama. En un rincón una silla. Una vasija colgando de la pared. Una mesita construida a partir de unos tablones y cubierta con un trozo de tela. Igual que hace Magda en casa. Hace eso por todas partes para que no puedas poner una taza o un plato encima sin avistarte de que *se va a ensuciar* y que no piensa tirarse *todo el día limpiando*.

—¿Dices que hiciste este abrigo tú solo? —dice el viejo.

—Casi todo. Me ayudaron un poco con el estampado.

—El forro parece de liebre... ¿y la capa de fuera es de perro?

—Con ese abrigo no tengo frío —digo.

—No lo dudo, no no, no lo dudo en absoluto.

Sirve un poco de guiso en unos platos de hojalata.

—¿Y qué es lo que haces por aquí? —dice la vieja—. Con ese abrigo tan bueno que dices que has hecho tú mismo.

No puedo hablar porque tengo la boca llena de patatas guisadas.

—Es un abrigo de renegado, sí sí, seguro, cariño —dice Jacob.

Trago. El fuego me calienta la espalda. Tengo la barriga llena de comida caliente y siento que los ojos se me cierran aunque no quiero.

No creo que estos viejos me hagan daño. Escucho al viejo susurrarle a su esposa.

—Está demasiado cansado para hablar, cariño.

Me pone un almohadón bajo la cabeza y me tapa con una gruesa manta. Los oigo hablar, Jacob se mueve por la habitación sin hacer ruido, pero mis ojos pesan y se cierran aunque no quiero. El sueño empieza a trepar por mi cuerpo. Me siento bien. Siento el suelo bajo la espalda.

Primera noche que estoy lleno y caliente desde que salí de la montaña.

—Ya le preguntaremos mañana…

Es lo último que le oigo decir a Jacob. Inspiro profundamente, veo a Mary en mi cabeza. Tiene el pelo enmarañado y le está quitando las mantas al viejo cazarratas. El dedo retorcido, los labios abiertos, una sonrisa para mí.

La ciudad es más cruel y extraña que en los cuentos de Magda, en los que Jack escala por el tallo de las habichuelas y las brujas hacen casas con dulces. Hazme caso. Y sé que entonces me dormí porque ya no recuerdo más, solo despertar a la mañana siguiente con la manta encima y un fuego reciente. La luz inunda la habitación a través del enorme ventanal.

26

La habitación se ve vieja, pobre y polvorienta con la luz del día. La vieja sigue roncando un poco. Sobre el hornillo queda una cacerola con guiso de la noche anterior y me sirvo una ración.

Un ruido al otro lado de la habitación. El viejo Jacob está sentado en un banco de trabajo bajo la ventana. Lleva el suéter arremangado y medio roto. La débil luz del amanecer cae sobre su pelo ralo y sus manos grandes y nudosas. Está encorvado. Tiene las manos peludas, dedos gruesos asomando bajo la pelambrera canosa. Los estantes de la pared están cargados de herramientas y tiras de cuero y trozos de metal, todos cubiertos de polvo, y cajas de clavos y trozos de alambre y tuberías y botas viejas y tarros de fruta y verduras en escabeche. Igual que en casa. No hace mucho frío porque la tubería de la estufa pasa a través de la pared. Jacob la tiene atada al techo con un trozo de alambre. Hay una puerta medio atrancada con tablones y tras ella un balconcito cubierto de nieve. Una paloma desliza sus patitas sobre el hielo.

Jacob levanta la mirada.

—Mira —señalo al pájaro intentando no hacer ruido.

—No nos lo vamos a comer, chico, no no. En primavera construirá un nido ahí fuera y tendremos montones de palomas. No solo una. La paciencia es una virtud, sí sí, una virtud.

—¿Qué haces? —digo. Sigo mirando de reojo a la paloma.

—Un abrigo, sí sí, un abrigo para Dorothy Bek-Murzin.

—¿Puedo verlo?

—Claro.

Me acerco. La paloma echa a volar. Agarro las pieles de la mesa y examino las costuras. Es una piel suave y blanca, bien tratada. No es muy grande, dos trozos juntos parecen el patrón para una manga.

—Pensé que te gustaría ganarte el desayuno. Échame una mano —dice el viejo.

—Te ayudaré a coserlo si es lo que quieres. Necesito agua. Y también un cuchillo afilado.

—Debe de haber uno por aquí, sí sí —Jacob empieza a rebuscar en una cajita de madera.

Le ayudo a buscar. Si no, se tira toda la mañana, seguro.

Tomo el abrigo entre mis manos. Lo volteo.

—Yo no cosería así la manga —digo—. Las puntadas no son precisas.

—Es culpa de mis ojos. Ya no ven como antes.

Extiendo las piezas, el tacto de la piel me hace sentir bien, como en casa sentado con Padre.

Primero corto las costuras recientes. Las coso con cuidado. Cuando lo hago cepillo el otro lado de la piel y paso los hilos. La cosa va bien. No se verá dónde se unen las dos pieles cuando termine. Es bueno trabajar así de tranquilo. Se lo entrego.

—Mira, ya no se ven las costuras.

—Muy buen trabajo, sí sí, muy bueno.

—Pero esta manga se quedará rígida como una tabla si no la acuchillas —digo.

—¿Acuchillarla?

Saco el cuchillo.

—Hay que saber dónde hacerlo.

Jacob me agarra del brazo.

—No la estropees, no no. No podré conseguir otra piel así.

—Lo he hecho más veces. Mira.

Hago los cortes con cuidado, donde hay que hacerlos. Entonces lo coso muy despacito, cepillando la piel y volviendo a sacarla por los hilos.

—Mira.

Jacob la sostiene en alto. La piel suave y flexible. La toquetea con sus manos de viejo.

—Sí sí, ahora lo veo.

Oigo movimiento en la otra habitación.

—¿Y si te quedas un tiempo con Elizabeth y conmigo, eh? Solo un tiempo. Termina este abrigo y podrás dormir aquí y te daremos de comer. Comida y un fuego caliente, sí sí. ¿Eh? ¿Qué me dices? Si terminas de coserlo podrás quedarte.

Miro por la ventana el día frío y la ciudad gris y humeante. Mis tripas llenas de alimento. Un fuego caliente ardiendo en la otra habitación. Una buena pieza de piel entre las manos.

Oigo que la vieja se despierta. Jacob se levanta.

—Piénsalo, Willo.

Va a la otra habitación arrastrando los pies. Le oigo

trastear por ahí, sirviendo un poco de guiso en un plato para su mujer.

—Tráeme una cuchara, Jacob.

—Sí sí, cariño, una cuchara —Jacob aviva el fuego. Ruido de cacharros—. Willo, trae la manga. Mira lo que ha hecho el chico con el abrigo de Bek-Murzin, cariño. Tan suave como si el bicho estuviera vivo, sí sí.

Entro por la puerta y le entrego la manga. La vieja la toca y la sostiene en alto.

—Pues sí, está muy bien.

Jacob se da la vuelta y me mira.

—¿Y bien? ¿Qué me dices, eh? Quédate a terminar el abrigo y cuando termines te daré cien yuanes y comida y alojamiento. ¿Te parece bien, Elizabeth, cariño?

—¿Cuánto tiempo te llevará, chico? —pregunta la vieja.

—Si ya está curada la piel y los patrones listos, unas pocas semanas.

—Unas semanas, querida. ¿Lo has oído? Unas semanas.

Jacob se agacha. Se acuclilla y saca un cofre de madera de debajo de la cama. Le ayudo a sacarlo. Dentro están las pieles curadas, envueltas en papel aceitado. Pieles suaves, blancas, pequeñas, algunas con mechones negros o una raya marrón. Habrá que cortarlos si quieren un abrigo blanco. Primera vez que veo una piel así.

—¿Qué son? —digo.

—Gato. Un buen gato, sí sí, casi blanco del todo. Ya casi has acabado el bordado del cuello, ¿verdad, cariño? Mi mujer sigue haciendo unos bordados estupendos, Willo, sí sí.

Hay un sobre encajado en un lateral del cofre. Jacob lo abre. Es un trozo de tela suave y bonito, primera vez que veo algo así. Tiene el color del cielo en un día claro. Y sobre él la vieja ha cosido un mar de campanillas de invierno. Increíble que sus manos de vieja sean tan hábiles. Las campanillas están puestas tan bien que parece que asoman la cabeza por encima de la nieve. Mejor costura incluso que Magda. Flores y briznas de hierba retorcidas y entrecruzadas. Hilos tan finos que brillan cuando les da la luz.

—Este es el forro para el collar. Las campanillas son las favoritas de Bek-Murzin, sí sí, sus favoritas. Pagará una fortuna por el abrigo si consigues que la piel quede suave y que no se vean las costuras. No pasaremos hambre este invierno, no no, nada de hambre este invierno, queridos. ¿Qué me dices, Willo? Come un poco de guiso y cose este abrigo durante la semana. Aquí estarás bien.

—¿Qué otra cosa va a hacer? —dice la vieja—. ¿Tienes papeles?

—No. Bajé de la montaña y vine aquí en un camión. Sin papeles.

—Así que has bajado de la montaña. ¿Cómo ocurrió?

—Se llevaron a Padre.

—¿Quién?

—Camiones del gobierno. Arriba en la montaña.

—Vaya, no sé cómo has conseguido entrar en la ciudad sin papeles... Está siendo un invierno muy frío, ¿verdad, Jacob? Es mejor no salir afuera, chico.

—Eso es lo que me preocupa —le digo.

—Preocuparse no sirve de nada —dice ella—. Todo el mundo tiene algo de qué preocuparse. No eres el único.

Tiene razón. No tengo más sitio donde ir. No conozco a nadie en la ciudad salvo a Mary. Y no sé dónde está.

El viejo saca las pieles del cofre. Las lleva hasta el taller y las deja sobre la mesa mientras murmura algo.

—Bien, ahora cortaré los patrones, sí sí, puedo hacer un buen patrón. Venga, chico, te enseñaré.

Miro a la vieja, que está sentada en la cama.

—Ayúdale. Es un buen trato, ¿no crees? —extiende su manita de vieja— Por favor.

Así que me quedo con los viejos. Tener trabajo entre manos me sienta bien. También oír las charlas de Jacob junto al fuego, como hacen los mayores cuando contaban historias allá en el hogar.

Cuesta pensar que estos viejos no han sido viejos toda su vida. Me enseñaron una foto en la que salen los dos. Una fotografía como la que Magda tiene de su padre y su madre. Jacob aparece en un jardín lleno de flores y la mujer a su lado debe de ser la vieja, aunque entonces tenía el pelo oscuro y parecía muy feliz. Por eso sé que una vez fueron jóvenes.

Tal y como yo lo entiendo, y según dice Jacob cuando se enfada, en los viejos tiempos la gente estaba demasiado ocupada para saber la suerte que tenían. Se parece un poco a Padre cuando habla y dice cómo la gente *tiene que volver a hacer las cosas con sus propias manos y a pensar por sí misma.*

Yo no digo nada, igual que cuando Padre da la tabarra. Como trabajo en el abrigo ya no pienso tanto en las cosas malas que rondan por mi cabeza, ni en la nieve ni en el viento que sopla fuera ni en las palabras de Perro. Aunque tampoco puedo olvidarlas.

Ahora estás solo, Willo.

Según pasan las semanas el abrigo va tomando forma. Primero Jacob corta el patrón de un viejo papel. Dice que sabe lo que hace, pero yo le digo que no es práctico lo que está cortando. No mantendrá fuera la nieve. Jacob dice que a Dorothy Bek-Murzin le da igual si es práctico o no, lo que quiere es que quede bonito. Dice que debo ir con él cuando vaya a llevárselo. Dice que ella me dará dinero para hacerle montones de cosas cuando vea lo buenas que son mis puntadas.

Jacob olvida que debo volver a la montaña. No pienso quedarme aquí a hacer abrigos para siempre.

—Bueno, pero no vas a marcharte a ningún lado a corto plazo, ¿verdad? —dice.

*

Una tarde Jacob vuelve preocupado del mercado.

—Hay problemas en los asentamientos. Las bandas están poniendo barricadas en las carreteras. Han volado las esclusas en los muelles. Ay madre, ay madre. El canal está inundado. Soldados por todas partes. No pinta bien, no no, este invierno no pinta nada bien.

—¿Qué quieres decir? —pregunto.

—No se puede entrar ni salir de la ciudad. Nadie puede. No habrá mucha energía este invierno. No pinta bien, no no.

Pienso en Mary.

Pienso en Padre.

—Debo encontrar a mi familia.

—No podrás entrar en los asentamientos hasta que no levanten los controles —dice Jacob.

—¿Y eso cuándo?

—No hasta el deshielo, no hasta entonces, no no. Y es mejor que no vayas allí, Willo. Hay cosas que es mejor no ver.

El corazón me late a toda velocidad. He dejado a Mary en ese lugar. En el canal con el viejo cazarratas. Con la gente malvada y hambrienta, con el mal olor y la contaminación, y no me tiene a mí ni a su Pa ni tampoco a Tommy.

Voy hacia la ventana. Contemplo la ciudad. Siluetas encorvadas avanzan lentamente por la carretera. Un camión aparece por un costado de la torre. El aire es frío y constante estos últimos días. De las chimeneas grises salen columnas retorcidas de humo que flotan sobre los ladrillos y la piedra y la nieve y el hielo. Mucha contaminación en el aire. Ahí fuera en alguna parte están Padre y Magda y los demás. No pueden desaparecer así sin más. Tienen que estar ahí fuera en alguna parte. Igual al otro lado de las montañas.

—Tienes suerte de estar aquí con nosotros, chico —dice Elizabeth desde la cama.

Me aparto de la ventana. No creo tener suerte. Para nada.

Magda siempre dice que es fácil sentir tristeza, amor, dolor…

Pero no suerte.

27

Envolvemos el abrigo en papel aceitado, lo enrollamos en un paquete de lona y lo atamos bien. Listo para llevárselo a Dorothy Bek-Murzin. El viejo no para de decir, Cuidado no se arrugue, cuidado no se moje.

—No hables con ella a no ser que se dirija a ti primero. Mejor deja que hable yo. Tú calladito. ¿Entendido?

Asiento.

Es el abrigo más fantástico que he visto. Más de cincuenta pieles que corté y cosí. El cuerpo del abrigo ajustado y bien cerradito, se ensancha en la cintura con una amplia falda. Todo piel blanca de arriba abajo, el cuello rematado con piel de vaca para dejarlo rígido y cubrir bien la cabeza del viento, y adornado con esa seda azul cielo bordada con campanillas de invierno. Le quedará de maravilla si la mujer es tan guapa como dice Jacob.

Elizabeth rellenó el resto del abrigo con lana blanca. Jacob se tiró dos días dando martillazos a unos trozos de latón para hacer los botones. Se gastó el dinero que le quedaba para comprar el latón y la lana y el hilo de satén, que viene todo desde China. Es la prenda de ropa más bonita que nadie haya visto nunca. Y yo he podido verla.

Jacob dice que lleva haciendo abrigos y guantes desde que empezaron los problemas y que nunca antes había hecho uno tan bueno como el mío porque sus ojos ya no ven como antes. Dice que haremos mucha pasta con este abrigo. Cuando dice eso me siento muy bien por dentro, aun cuando estoy cansado de estar encerrado en esa habitación cosiendo sin parar y pensando en cómo volver a la montaña.

Jacob dice que Dorothy Bek-Murzin conoce a la gente del gobierno, porque todos vienen a verla.

—¿Por qué? —digo.

—Porque es hermosa —dice la vieja.

—Creció en los asentamientos —dice Jacob—, y a veces ayuda a la gente corriente. Siempre que hayas hecho algo por ella, claro.

—Como este abrigo —digo.

—Sí —dice Jacob—, puede que gracias a este abrigo se fije en ti. Pero hay que ser pacientes. Deja que hable yo. Así es como conseguirás el dinero para tus papeles, chico.

La peste a excrementos flota por la escalera. Una rata gorda y pardusca está sentada en un escalón. Jacob pega un grito y la rata sale disparada por un agujero en la pared. Una luz grisácea entra por las ventanas rotas. Más abajo alguien sale por una puerta con el abrigo echado sobre la cabeza. Baja los escalones roñosos con dificultad, cargando con su cubo de excrementos.

—¿Adónde vamos?

—A Chinatown. No está lejos. Ahí es donde vive Bek-Murzin, sí sí. Cuidado no ensucies las botas, no no, no querrás mancharle el suelo. Hoy tomaremos un carro. Es muy peligroso andar por la calle con ese paquete tan valioso, ¿no crees? —el viejo Jacob sonríe.

Le sigo mientras baja cojeando los cientos de escalones para salir a la calle. La sombra de la torre cae sobre nosotros. Por toda la calle hay mujeres envueltas en abrigos enormes que amontonan la nieve sucia con sus palas. Jacob encuentra un hueco entre ellas y grita para llamar a un carro. El caballo se acerca renqueante.

—¿Adónde? —dice el conductor, mirándonos.

—A Chinatown.

—Tres libras.

Jacob se saca unas monedas del bolsillo, las cuenta y se las da.

—Cada uno —dice el conductor.

Jacob suspira pero cuenta tres monedas más y nos subimos al viejo carro de madera. Hay dos mujeres sentadas dentro, acurrucadas bajo una manta, caras tristes, una cesta con huevos a los pies.

—¡Arre! —dice el conductor, y el caballo echa a correr por la carretera entre las carretillas, la gente, la nieve y el hielo.

Las mujeres de las palas se ponen a gritar enfadadas cuando pasamos a su lado porque el carro las cubre de fango. El conductor azota al viejo caballo con el látigo, el pobre ya no da más de sí.

El carro es bastante lento, pero mejor eso que mojarse los pies. Desde lo alto veo a la gente de la carretera regateando por un saco de lana o un cubo de carbón. La mayoría van vestidos de pies a cabeza con prendas de lana y llevan las manos envueltas en harapos. De cada edificio salen bocanadas de humo sucio que se funden con el cielo gris. El carro sigue avanzando lenta y ruidosamente, los edificios ennegrecidos están cada vez más cerca y son más altos a cada nueva curva.

La ciudad no se parece a la montaña, hazme caso. Aquí todo es feo y sucio. No puedo dejar de mirar a toda esa gente y esos edificios, y todas esas cosas que nunca antes había visto. Me pregunto adónde va toda esa gente y de dónde vienen y qué están haciendo. No es como en casa. Allí no ves extraños. Allí te vas a Barmuth para comer pescado ahumado y celebrar un baile y una gran reunión.

—¡Mira! —le digo a Jacob.

Más adelante, sobre la calle, hay un enorme arco brillante, todo rojo y dorado con dragones tallados y campanas resonando. La calle brilla bajo ese arco. Hay ventanas iluminadas a cada lado de la carretera, ropas coloridas revolotean en el exterior de las tiendas, bidones de carbón ardiendo de los que salen enormes columnas de humo. Por todas partes un mar de gente, gente rara vestida con pieles y seda. Y envolviéndolo todo, un olor a comida que flota en el ambiente.

—Chinatown —dice el conductor.

—Venga, Willo. Hemos llegado, sí sí, hemos llegado.

Jacob baja lentamente del carro.

—No tengo todo el día, viejo —gruñe el conductor.

Apenas ponemos los pies en el suelo, el conductor levanta el látigo y el pobre caballo pega un respingo y echa a andar otra vez.

—No te alejes —dice Jacob.

—¿Qué sitio es este? Esta gente es muy rara.

—Es el corazón de la ciudad, Willo, sí sí, el corazón de la ciudad. Son chinos.

Parece saber adónde tenemos que ir. No me alejo de él. La nieve ha sido apartada de las calles, hay arena en su lugar. Pasamos por una tienda que vende cuchillos, tantos cuchillos como imagines: largos, cortos, afilados, romos, finos y con empuñaduras de colores. Me paro a mirarlos.

—Venga, Willo, no hay tiempo para mirar, no no. Ya casi estamos.

En las entradas de los edificios hay hombres de pelo oscuro que chillan y llevan pollos y lechugas en la mano, también hay bufandas de seda y zapatos suaves. Entre la multitud hay varias viejas vendiendo montones de hojitas de papel. *Hua hua*, gritan.

Al otro lado de la calle veo un edificio brillante. Sobre las puertas está escrito en letras rojas y doradas CHEUNG'S KINO. Frente al edificio hay una fila de gente esperando. "NOTICIARIOS DE ÁFRICA" pone en un puesto de madera.

Jacob se da la vuelta.

—Deberías verlo por la noche, Willo. Luces eléctricas en cada ventana, música... Pero venga, ya hemos llegado.

Se detiene junto a una puerta. Tira de una cadena que hay en la pared. A lo lejos suena una campana.

La chica que abre la puerta tiene pelo oscuro y ojos raros y bonitos como de muñeca.

—Soy el peletero. Vengo a traer la chaqueta —le dice Jacob.

La chica sonríe y asiente con la cabeza. Nos hace pasar a una habitación enorme, hay unas escaleras que suben formando una curva. Jacob se quita las botas y yo hago lo mismo.

La chica nos da unas pantuflas de fieltro.

El suelo está cubierto de alfombras de piel, color rojo oscuro, unas encima de otras. Dejan calentitos los pies. Un pequeño fuego arde en un rincón.

—Mi señora acaba de terminar de desayunar. Pueden subir —dice la chica.

La seguimos escalera arriba. Llegamos a una puerta doble de madera tallada. La chica llama. Abre.

El calor de un buen fuego me golpea en la cara. Jacob entra haciendo una reverencia.

—¡Jacob, querido! Por fin has venido. Me prometiste una chaqueta hace seis meses, granuja. Has dejado a la pobre Dorothy sin nada con lo que abrigarse durante el invierno. ¡Debería castigarte! Pero entra, entra y acomódate junto al fuego, veamos qué me has traído esta vez. ¡Vaya, pero si has traído a un chico! Déjame verle.

Jacob me empuja hacia delante.

—Fue él quien cosió tu chaqueta. Tiene mucho talento, sí sí. Es un chico muy talentoso.

—Está siendo un invierno muy frío. ¿Es que no acabará nunca? Ni siquiera he ido a cazar a los picos este año. Nadie ha podido ir. La nieve ha cubierto por completo las carreteras.

—Sí sí, es un invierno muy frío, vaya que sí.

—Acércate más, chico —dice—. ¿Cómo te llamas?

Pero yo estoy observando la habitación. Dos ventanas muy altas se asoman a la calle. No están atrancadas, no son más que relucientes planchas de cristal. Unas gruesas cortinas de piel de cabra cuelgan hasta el suelo. Un fuego centellea en una enorme chimenea. Sobre las paredes color rojo oscuro hay unas gruesas telas que cuelgan de unas cadenas. Por todas partes hay sillas que parecen muy cómodas, cubiertas de almohadones de colores, mesitas repletas de libros y botellas y cuencos. Hay velas encendidas por todas partes. Esa mujer debe de pasarse todo el verano haciendo velas para poder quemar tantas. Y en pleno día además. Primera vez que veo un sitio tan confortable y tan calentito y con tantas cosas. Pero lo que más me llama la atención es la persona que está recostada junto al fuego.

Me mira con sus soñolientos ojos grises.

Tiene el pelo oscuro y brillante como una charca profunda, recogido por encima de la cabeza. Tiene la cara tan lisa como un huevo, un toque de rojo en los labios, las mejillas rosadas como las de un bebé. Tiene el cuerpo suave, redondeado, muy de mujer.

Creo que es la cosa más bonita que he visto nunca.

No puedo dejar de mirarla.

Una risita empieza a crecer en su boca. Siento que me arde la cara porque creo que se ríe de mí al verme sucio y envuelto en harapos y suéteres viejos. Me quito el sombrero. Lo sostengo entre las manos.

—¿Se le ha comido la lengua el gato, Jacob? —dice.

Lleva un puñado de piedras brillantes atadas con un lazo alrededor del cuello. Su vestido es ceñido en la cintura y abajo sc dispersa en pliegues de suave tela verde. Del final de sus largas mangas emergen dos manitas pálidas como de ratón. Unas manitas cubiertas de anillos brillantes.

—Soy Willo —digo, mirando al suelo.

—Bien, Willo, veamos qué has hecho.

Jacob se agacha sobre el suelo alfombrado y empieza a

desenvolver el paquete con manos torpes y temblorosas.

La chaqueta se cae mientras Jacob desata las cuerdas del papel aceitado. Lo sacude un poco y lo sostiene en alto. La piel blanca cae al suelo suavemente.

—Pruébeselo, ya verá qué suave es. Mire el cuello.

Dorothy Bek-Murzin baja del asiento su pie envuelto en una pantufla y alarga una mano para agarrar la chaqueta.

La estrecha entre sus delicados dedos. La voltea.

—Es un buen trabajo. Las costuras parecen buenas. ¡Y el cuello! ¡Campanillas de invierno! Son mis favoritas.

Se pone en pie con brío. Jacob le pone la chaqueta sobre los hombros y ella desliza los brazos por las ceñidas mangas—Mire lo firme que queda el cuello detrás de su melena. Abróchese, abróchese, está hecho a medida. Le sienta de maravilla, sí sí, de maravilla.

La mujer se acerca a un espejo enorme y pasa sus delicadas manos por la suave piel blanca, alisa unas arruguitas y se la abotona. Se contempla.

—Es como si no llevara nada puesto. Me queda como un guante —se da la vuelta con una sonrisa en la cara—. Es una chaqueta preciosa, Jacob. ¿Y dices que este chico la cosió?

—Sí sí, tiene mucho talento.

Ahora me mira. Jacob retrocede unos pasos y se encoge como una brizna de hierba. Juguetea con su sombrero.

Dorothy Bek-Murzin se da la vuelta hacia la chica que espera en la puerta.

—Mei-Li, tráenos un poco de chocolate caliente. Lo tomaremos junto al fuego. Dime, Willo, ¿sabes hacer más cosas además de chaquetas?

—Pues... Supongo que puedo hacer un buen par de guantes y calcetines de piel de liebre si quiere protegerse del frío —digo.

—¡Calcetines de piel de liebre! Maravilloso. ¿Y qué me dices de un par de botas con forro? ¿Puedes hacerlas?

—Puedo hacer lo que sea con piel y cuero —digo—. Si Jacob hace el patrón, claro.

Miro a Dorothy Bek-Murzin, posa junto al espejo como en un cuadro. No es muy grande pero llena la habitación con su presencia. Su cuerpo suave y redondeado bajo su vestido. Debajo de toda esa ropa y toda esa pintura en su cara supongo que es una persona como cualquier otra. Pero cuesta imaginarlo. Es como una llama centelleando en la chimenea. No puedo apartar los ojos de ella.

A veces veo a Magda peinándose frente al espejito que tenemos junto al fuego. Para qué haces eso, le dice Padre, ya no eres una niña. Se da la vuelta hacia mí. Las mujeres se pasan el día arreglándose, Willo, son presumidas como mariposas. Magda le da un codazo en las costillas. *Y los hombres son como las polillas, siempre chocándose contra las llamas, Robin*, se ríe. *¡Y así siguen hasta el día en que se mueren!*

Mei-Li vuelve a entrar en la habitación, lleva tres tazas sobre una bandejita. Las entrega. Su olor es dulce.

—¿Dónde has encontrado al chico, Jacob?

—Pues, la cosa es, Dorothy, la cosa es… Que el chico no tiene papeles. Viene de las montañas.

—¿En serio? —Dorothy regresa a su asiento—. Ya puedes irte, Mei-Li.

La chica sale de la habitación.

—Sí sí, bajó de las montañas.

—Entonces tendrá que ir con cuidado. Sin papeles…

Están limpiando los picos. Y las montañas —mira por encima de su taza—. Eso me han contado.

—Sí sí, debe tener mucho cuidado —dice Jacob en voz baja—. El chico es...

—Se llevaron a Padre —interrumpí—. Y a mi familia.

—Es un ilegal, Dorothy —dice Jacob—. Está intentando descubrir dónde está su padre. La policía se llevó a su familia.

—¿Cómo se llama tu padre, Willo?

—Robin. Robin Blake —digo—. Ellos...

Pero Jacob levanta una mano y me callo.

—Tendremos que pensar una solución si quiero tener las mejores botas de Chinatown este invierno —dice Dorothy Bek-Murzin enarcando las cejas—. Sí, ya veremos qué podemos hacer. Pero hay problemas en los asentamientos. Han puesto barricadas y ya nadie puede entrar ni salir de allí, con papeles o sin ellos. Y no será fácil conseguir papeles, Jacob. En la ciudad queda poca gente que los haga.

—Solo quiero saber dónde está Padre.

—Willo, mejor espera abajo —dice Jacob, mirándome fijamente.

—Pero...

—Espera abajo, chico.

Escucho la voz de Dorothy Bek-Murzin ponerse bastante firme mientras bajo por las escaleras.

—Bien, Jacob, discutamos el *precio*.

28

—Mil yuanes. Eso es más de tres mil libras… ¿Oyes eso, Willo? ¡Tres mil libras! Con ese dinero podremos conseguirte los papeles.

Jacob se agacha para calzarse sus viejas botas. Se despide de la ayudante de Dorothy asintiendo ligeramente con la cabeza y salimos a la fría calle. Jacob se cala el sombrero sobre las orejas.

—¿Qué ha dicho de Padre?

—Paciencia, Willo, sí sí, paciencia. Dorothy quiere que le hagas más prendas, sí sí, botas y guantes. ¡Mil yuanes, ay madre!

—¿Qué dice de descubrir dónde está Padre?

—Tranquilo, Willo, tranquilo. Intentará encontrarlo. Pero llevará tiempo. Dorothy conoce a mucha gente importante, sí sí, gente muy importante. Pero no puede preguntarles directamente. Debe ir poco a poco. Tendrás que ser paciente, sí sí, y mientras tanto hacerle más prendas bonitas.

—No hay tiempo para paciencias.

Jacob se da la vuelta y me mira. Directamente a los ojos. Pone sus viejas manos sobre mis hombros.

—El tiempo es una bestia extraña, muchacho. Una bestia extraña, sí sí. ¿Qué pasa si se los han llevado? —baja la mirada— ¿Qué harás entonces?

—Traerlos de vuelta.

—¿Cómo?

—Tras el deshielo, iré tras el deshielo.

—Escucha, tienes suerte de estar aquí. Vivo. Sí sí, estás vivo. Aprovéchalo lo mejor posible.

—¡Pero ellos no hicieron nada malo!

—Ya, pero quién sabe dónde estarán ahora.

—No pienso olvidarlos. Debo descubrir adónde han ido.

—Lo sé. Pero igual deberías hacerte un poco más fuerte. Come bien. Gana dinero. Eso ayudará. Aquí puedes ganar mucho dinero, sí sí. A Bek-Murzin le caes bien. Empiezas a gustarle. Hará todo lo posible por encontrar a tu familia. Pero debes ser paciente, sí sí, paciente... De momento no puedes hacer nada por arreglarlo, ¿verdad?

Siento que todo se cae a mi alrededor. Unas manos frías me aprietan el corazón. Tengo otra vez esa sensación triste de ser una piedra que se hunde en el lago Trawsfinid. Ya me sé de memoria esa sensación. Hacia las profundidades de las oscuras aguas. Supongo que tengo suerte de que esta pareja de viejos me necesiten. Suerte de no haber acabado ahorcado en el fondo del canal, ese canal vacío y lleno de maldad. Suerte de no morir de hambre en el asentamiento. De no ser capturado por el gobierno y enviado a algún lugar horrible.

Nada puedo hacer. El viejo dice que tengo suerte. Pero no. Nada de suerte. Solo casualidad. Ojalá hubiera bajado corriendo de la montaña cuando oí cómo se los llevaban.

Cuando Magda gritaba tanto. Ojalá no estaba sentado en lo alto de la colina con el espíritu del perro dentro, manteniéndome quieto y escondido entre las rocas. Ojalá me llevan con ellos. Todos juntos.

Parece que Perro me ha enseñado cosas buenas y malas a la vez. Pero Perro lo que quiere es cuidar de mí. No es culpa suya. Solo es un perro que busca al Número uno.

Todo pasa. Imágenes de Padre y Magda y Mary siguiéndome como leños atados a una cuerda. La vida en la montaña no es fácil, pero allí arriba eres libre. Si no eres idiota y eres bueno con las trampas y los cepos, sobrevives.

Mary.

Parece como si es la única persona a la que debo buscar ahora. Tiene que estar en la ciudad, en alguna parte. Igual si encuentro a Mary la puedo llevar de vuelta a su casa. A ese lugar al fondo de la hondonada donde desemboca el río. Igual Padre y los demás vuelven y podemos volver a ese prado junto a la corriente y sembrar avena tras el deshielo. Cortar hierba en Farngod durante los largos días de verano. Mary puede recolectar huevos en el páramo. Tallar un árbol. Apilar los fajos de heno en el granero. Nada te despierta una sonrisa más grande que el olor dulce de un granero repleto de fardos de heno fresco y leños secos amontonados al final del verano.

Padre dice que morirá antes de que alguien nos lleve a los campamentos y nos meta en una tienda helada. Bien dicho, porque este no es sitio para vivir. Tampoco quiero ser como Dorothy Bek-Murzin con sus miles de velas y sus chimeneas cargadas de carbón y más comida de la que podrá comer en un año, tampoco quiero ser como ella más de lo que querría ser cualquiera de esas personas que suben y bajan de camiones que los llevan a las plantas de energía y las minas de carbón después de un largo viaje bajo las torretas.

Pero el viejo tiene razón. No hace falta que Perro me diga que ahora no puedo hacer nada. Perro vuelve corriendo a las montañas con el rabo entre las patas.

No es culpa suya, ya lo he dicho.

Eso es lo que hacen los perros.

29

Cuando volvemos a casa, Jacob y su mujer se ponen a hablar en voz baja. Sé que hablan de mí. Jacob guarda el dinero debajo de la cama.

Entonces su mujer quiere saber por qué debo volver a las montañas, las razones y los motivos. No me importa que lo sepan. Así que les cuento casi todo lo que me ha pasado y por qué no tiene sentido que esté en la ciudad. Les hablo de Mary y de cómo estuve atrapado en el canal.

—¿Entraste a la ciudad por el canal?

Están muy interesados en saber todo sobre Geraint y Padre y Magda, y también sobre nuestra casa en los Rhinogs. Los viejos me hacen montones de preguntas sobre cómo vivimos en la montaña, cómo buscamos comida en invierno, qué normas tenemos, cómo nos abrigamos, qué cazamos, cómo curamos las pieles y toda esa clase de cosas que a mí me parecen evidentes.

—¿Sabes leer? —pregunta la mujer.

—Todos tenemos que hacer nuestras lecturas. Los barbacanas lo decidieron en la reunión.

Se miran entre ellos.

—¿Y tenéis libros?

—Tenemos algunos en casa y otros que encontramos en las casas abandonadas de la montaña. Tenemos bastantes. Para aprender, digo.

—¿Pero no permisos ni papeles?

—No tenemos papeles. Padre quiere una licencia para cultivar. Así podremos vender cosas en la ciudad. Pero no tenemos y Geraint vende las pieles por nosotros…

—Un momento, Willo —dice Jacob.

Toma un cuchillo de la mesa. Se agacha bajo el umbral de la puerta y se apoya en la pared. Mete el cuchillo entre los tablones del suelo y levanta uno. Mete la mano en el agujero y saca algo.

—¿Habías visto esto antes? —dice, sujetando un libro.

Me lo da.

Es grueso y pesado. Le quito el polvo y la suciedad de la portada. En ella dice:

EN BUSCA DE UN ARCA
JOHN BLOVYN

—Ábrelo, sí sí, abre el libro.

Lo abro por la primera página.

Es el décimo invierno.

Nuestros hijos tienen hambre.

Hemos empezado a temer a nuestros vecinos.

Compañeras y compañeros: el tiempo de mirar para otro lado terminó.

¡Es tiempo de pasar a la acción! Buscáis una señal

Que jamás se os dará.
¡Levantaos! La muerte acecha en las calles.

Es el libro de Padre, el que guarda en su caja. Tiene las mismas palabras.

Paso más páginas.

Es el mismo libro. Tiene dibujos de esquimales y de Scott del Antártico y todas esas cosas sobre preparar cepos y curar pieles y cómo traer bebés al mundo y todas esas cosas útiles para vivir en la montaña.

Pero el libro de Padre está atado con cuerdas. No sabía cómo se llama ni quién lo escribió porque al libro de Padre le falta la portada. Está muy estropeado y con las páginas muy finas y nunca me dejaba pasarlas a mí. Lo tenía guardado a salvo, dentro de su caja.

—¿Habías visto este libro antes? —pregunta otra vez la vieja.

—Tenemos uno con las mismas palabras.

—¡Lo sabía! Lo sabía desde el momento en que vi tu abrigo.

—¿El qué?

—Que eres un renegado, uno de verdad.

—Sí, ¿pero cómo es que tenéis el mismo libro que Padre? —pregunto—. ¿Y por qué lo tenéis escondido?

Jacob se inclina y me quita suavemente el libro de las manos. Pasa los dedos por encima.

—Una vez tuvimos sueños —me mira—. Hay gente para la que este libro es como una Biblia, Willo. Pero hay otros… hay otros que lo ven como una llamada a las armas. Ya soy demasiado viejo para eso. Pero si ellos encuentran este libro aquí acabaremos picando piedra en Ravenscar.

—¿Ellos? ¿Quiénes son ellos?

—El ministerio, la policía de seguridad. Mejor no toparse con ellos, no no.

La vieja se incorpora en la cama.

—¿Has oído hablar de la Isla, Willo? ¿Existe?

—No, primera vez que oigo hablar de eso.

La vieja se incorpora un poco más.

—¿Entonces los renegados no estáis al tanto?

—No, no sé nada de ninguna isla.

—¿Has leído el libro de Blovyn?

—Pues… No todo, solo las partes que me enseña Padre. Cosas interesantes como que debemos ser como esquimales y cómo hacer una buena trampa para cazar liebres. Eso es lo que me enseña.

Jacob pasa las páginas con sus dedos escuálidos.

—Ten, lee esto, sí sí, lee esto.

Me devuelve el libro.

¡Debemos compartir nuestro optimismo! En torno al fuego, cuando nos reunimos, cuando contamos historias. Debemos transmitir este don a nuestros hijos.

Ellos deben convertirse en nuestros faros de esperanza. En nuestro futuro.

Tendrán las manos ásperas y encallecidas, pero también la mente despierta.

Seguid el dictado de vuestro espíritu. Solo es débil aquel que sigue el camino que le marcan. No lo olvidéis, una sociedad incapaz de predecir el futuro está condenada a perecer.

Debéis encontrar refugio.

Mis supervivientes. Los desencantados. Mis hombres y mujeres y niños del mañana. Mis hijos e hijas. Acudisteis a mi llamada para venir a las montañas.

Los mayores desafíos aún están por llegar.

Debéis encontrar vuestra arca. Construirla firme y fuerte. La Isla ha sido abandonada. Cuando las polillas remonten el vuelo, deberéis reclamarla. Hacerla vuestra. Construir allí vuestros luminosos faros de esperanza para que todos puedan verlos. Para el día de mañana.

Los viejos me miran como si esas palabras tienen magia.

—No sé qué significa —digo.

—Es sencillo. Todo el que tenga el libro ha leído estas palabras. Ha leído estas palabras y está esperando, sí sí, esperando el momento. El momento de partir hacia la Isla, Willo. Los renegados partirán hacia la Isla. Eso es lo que dicen.

—Pues primera vez que oigo hablar de una isla. Padre nunca me habló de ella. ¿Sigue vivo el hombre que escribió esto?

—No lo sé, Willo. Tal vez. Pero si sigue vivo, está escondido.

—¿Escondido? Solo es un libro.

—John Blovyn dijo muchas cosas controvertidas, sí sí. Dijo que la verdad era mejor que el miedo. Le dijo a la gente que pensara por sí misma.

—¿Y tenía razón? ¿Crees que tiene razón?

—No lo sé, Willo. Pero fueron los chinos quienes construyeron reactores nucleares mientras nosotros levantábamos parques eólicos y paneles solares que dejaron de funcionar durante el primer invierno; mientras nos abríamos hueco en la nieve a paletadas e intentábamos mantenernos calientes.

Necesitamos un nuevo camino. Eso es lo que dijo Blovyn. Y la gente le escuchó.

—Padre dice que la nieve iba a venir de todas formas, que da igual lo que hagamos. También dice que acabará yéndose, y que hasta entonces debemos ser cazadores en la nieve y faros de esperanza.

—En ese caso era un seguidor de John Blovyn, sí sí.

—¿Pero por qué tanta nieve? ¿Tú lo sabes?

—Hay quien dice que fue por los coches, otros que por los aviones. Algunos dicen que fue el sol, otros que fue un cambio natural. Pero dijeran lo que dijesen, empezó a hacer más calor, sí sí, mucho más. El hielo de los polos empezó a fundirse. Y toda esa agua helada que fluyó por el mar ralentizó las corrientes cálidas del Atlántico. Y cuando eso ocurrió… cuando dejó de fluir agua cálida… Fue entonces cuando la nieve empezó a caer y ya no paró. Al principio no fueron más que unos cuantos inviernos malos. Lo recuerdo, sí sí. Pero las nieves siguieron cayendo y los veranos se hicieron más fríos y más cortos. Pasó en toda Europa.

—Fue muy rápido —dice la vieja.

—Sí sí, y a la gente le entró el pánico. Las carreteras quedaron cubiertas de nieve durante casi todo el año. Nadie lo había previsto. Ya ni camiones ni coches ni comida en las tiendas, y empezó a haber cortes en el suministro eléctrico todos los días. El agua se congelaba en las cañerías. Tiempos terribles, Willo, sí sí. Y no han mejorado.

Jacob se levanta, aviva el fuego. Envuelve el libro, se agacha y vuelve a esconderlo bajo los tablones.

—Tenemos suerte de haber sobrevivido —dice la vieja, aferrada a la manta.

—Sí sí. Fueron tiempos terribles. Tienes suerte de no haberlos vivido, Willo, sí sí. Mucha suerte.

Jacob se levanta del suelo, con una mano en la rodilla, y se apoya en la puerta.

—¿Y qué tiene de bueno esa isla? ¿Dónde está? ¿No habrá gente allí ya? ¿Y un gobierno con las mismas normas que aquí?

—Quién sabe.

—¿Cómo llegará allí la gente?

—No lo sé, Willo. En barco, supongo.

—¿Dónde está esa isla?

—No lo sabemos.

—¿Pero por qué seguís aquí? —pregunto—. ¿Por qué no vais a las montañas? Tenéis el libro, ¿no?

La mujer de Jacob observa la habitación, los estantes y los tarros resquebrajados y las vasijas de hojalata que cuelgan de la puerta y las sartenes y las cazuelas que hay junto al fuego.

—Ya somos viejos. Este es nuestro hogar, Willo, nuestro lugar. Para bien y para mal.

—¿Crees que nos gusta estar aquí, eh? —Jacob se levanta de la silla—. ¿Crees que a alguien le gusta pasar hambre y frío, y vivir aterrorizado de las bandas y de los perros y de los soldados? ¿Que sus hijos mueran de frío y de hambre en sus brazos, sin saber qué les deparará el mañana? ¿Eh? ¿Crees que queremos vivir así? Pero tenemos suerte. No estamos en los asentamientos. Y yo aún tengo trabajo. La gente sueña con irse a China, a Rusia, a cualquier otra parte. Es un sueño que los hace seguir adelante. ¡Pero nosotros queremos un mundo mejor aquí!

Da un puñetazo en la mesa. Tiene un fuego encendido dentro, habla como lo que Patrick llama *alguien capaz de morir por un ideal.*

—Y la razón por la que se han llevado a tu familia es porque están limpiando las montañas, sí sí, las están limpiando. ANPEC está comprando los terrenos y el ministerio no quiere que haya gente como vosotros ahí arriba. ¿Lo entiendes? ¿Eh?

—¿ANPEC? —digo.

—Los que construyeron los reactores y los que poseen las minas de carbón. Ellos cultivan toda la comida. No quieren tener ladrones ni renegados rondando por las montañas y causándoles problemas.

—No causamos problemas.

—A ellos les da igual, Willo. Para ellos sois todos iguales: ladrones, renegados, refugiados… Todos iguales. Tienen miedo de sus palabras. Miedo de ese libro. Miedo de cualquier resistencia. Tienen dinero y quieren poseer la tierra. Y el gobierno se la entregará. No quieren que haya gente hablando de islas libremente. Quieren que la gente compre su carbón y su electricidad y su comida.

—Pero ANPEC no es el gobierno. ¿Por qué el gobierno no hace nada?

—¡Bah! El gobierno está tan metido en el bolsillo de Oriente que ya no puede salir. Cuando ANPEC viene con una nueva petición, el gobierno dice *Adelante, veamos qué propuestas ponen sobre la mesa*. ¿Y qué mesa? ¿Eh, qué mesa? Pues la mesa en la que seremos sacrificados algún día, sí sí. Fuman *Hongtashan*, beben whisky chino y les entregan nuestra tierra, solo por ver qué les darán a cambio.

Cuando sea tarde descubrirán que nosotros somos parte de ese menú, sí sí, nosotros somos su almuerzo.

—Cálmate, Jacob —la vieja alarga el brazo desde la cama.

Pero Jacob no se calma. Suena como Padre cuando empieza a hablar de los faros de esperanza y la gente del gobierno y todas esas cosas.

Y, como dice Patrick, unos árboles alrededor de la puerta no serán de mucha ayuda entonces.

Pero no me creo que se vayan a llevar a los renegados solo por lo que pone en un libro viejo. Y, en cualquier caso, ¿cómo saben que Padre tiene el libro? No tiene sentido.

Y Patrick. Patrick no va a quedarse ahí sentado mientras se lo llevan de la montaña. Se puso grande y fuerte después de cortar madera durante el invierno. Salió del campamento en el reactor de Wylfa. Seguro que lucha. Padre y Patrick pensarán en una forma de escapar. Igual lo consiguen.

Jacob vuelve a sentarse en la silla.

—En fin… Como ves, chico, debes ser paciente. Tal vez Dorothy Bek-Murzin pueda ayudarte. Pero no te hagas demasiadas ilusiones.

"Ya pasaron las penas y lluvias del invierno,
la temporada de nieves y pecados;
pasaron los días que distancian a los amantes,
la derrota de la luz frente a la noche.
Ahora que las penas quedan al abrigo del pasado,
y que las flores nacen tras morir el hielo,
los capullos se abren en un manto verde,
y amanece al fin la primavera."

Algernon Charles Swinburne

30

Llega mayo. Se oye el *plic plic plic* del deshielo. Empieza pronto este año.

Jacob me da una lata llena de dinero. *Te lo has ganado Willo*, dice.

Hemos estado encerrados casi todo el invierno. Problemas en las calles. Campamentos en llamas. Bandas en los asentamientos que hacen de las suyas durante la noche. Lo veo desde aquí arriba en lo alto de la torre. Lo veo perfectamente desde el ventanal. Abajo los camiones se enzarzan con los soldados. Nadie sale a la calle en cuanto se pone oscuro. Jacob dice que ya han puesto barricadas en todo el asentamiento. No hay entrada ni salida. Las calles se calman. Quiero volver para buscar a Mary. *Ni te acerques*, dice Jacob, *no podrás dar ni un paso sin hundirte en el lodo. Es mejor que no sepas lo que está pasando ahí abajo.*

Incluso en la ciudad las calles se embarran con las lluvias. Es peor que la nieve. Cortinas de agua derriten el hielo de los tejados, y cae al suelo formando cascadas. La peste es todavía peor. Olor a excremento en cada desagüe, a humedad, a rancio. Hay tantas ratas como perros, me rondan por las noches.

Deslízate entre las grietas, Willo, deslízate entre las grietas.

A veces intento escuchar a Perro, pero supongo que volvió corriendo a la montaña.

Los perros se lo pasan en grande durante el deshielo: juegan, saltan, se pegan lametones. Se ponen como locos cuando una perra echa a sus cachorros en primavera. Se te pone una sonrisa cuando ves a los perros brincando por todas partes, hazme caso. Y cuidan unos de otros, vaya que sí, tan seguro como que volverá a caer nieve. Solo debes andarte con cuidado si eres el alfeñique, eso es todo. Lo mismo con la gente. La gente siempre busca el alfeñique que llevas dentro y te lo intenta sacar si puede. Odio eso.

Pero aquí no hay más que ratas asquerosas. Perro ha vuelto a las montañas.

Aun así, el verano está en la mente de todos. Es como dice Patrick, todo el mundo está deseando sentir el sol sobre los hombros.

La vieja sale de la cama por primera vez. Jacob la coloca sobre una silla junto a la ventana. La mujer se entretiene haciendo sus bordados.

Pero yo sigo sintiendo como que estoy atrapado en una jaula. Me despierto por las noches sintiendo pánico. En sueños veo a Mary aplastada contra las barricadas, entre gente que suplica por algo de comer. Me está llamando, los gemelos agarrados a sus piernas. Me levanto como un resorte. Llevo aquí mucho tiempo. Haciéndome débil. Malas sensaciones corren por mi cabeza. Como las liebres que triscan por Farngod durante la primavera.

Aunque supongo que tenemos más suerte que la mayoría. Tenemos carbón y comida de sobra gracias al dinero de la chaqueta. Y ahora tengo papeles. Dorothy Bek-Murzin cumplió su palabra.

—Puedes venir a verme y moverte libremente por la ciudad, Willo —dice.

Sonrío, pero moverme libremente, no creo.

A veces recorro las sucias calles. Debo conocer la ciudad. Conocer los diferentes edificios y esquinas igual que si son rocas y peñascos en la montaña. Todo el rato miro las caras de la gente que pasa entre la niebla y la nube de contaminación. Igual veo a Mary algún día.

La primera vez que voy solo a ver a Dorothy Bek-Murzin tiemblo por dentro. Subo las escaleras con el gorro en la mano, entro de nuevo en esa habitación tan calentita.

Mei-Li sujeta en alto la falda de Dorothy Bek-Murzin para que pueda tomar medidas. Tiene unas piernas blancas y suaves. Me agacho con la cinta métrica. Doblo el cuero alrededor de sus tobillos y espinillas. Me tiemblan las manos. Su perfume huele cálido. Al terminar, el olor se me queda en las manos.

—Vuelve la semana que viene y llévame a la casa de baños —dice—. Necesito alguien que cargue con mi baúl.

*

Con el dinero de la chaqueta, Jacob compra una vieja máquina de coser.

—La necesitaremos para hacer las botas porque el cuero es demasiado grueso y duro para coserlo a mano. Tienen que encajar como un guante, Willo.

La máquina es un cacharro de color negro. Hay que girar

la rueda a mano y hacer fuerza para que la aguja atraviese el cuero. Enseguida aprendo. Funciona muy bien y me pongo a trastear con los hilos y las bobinas, para que las puntadas no sean demasiado prietas ni demasiado sueltas.

—¿De dónde saca Dorothy tanto dinero? —le pregunto un día a Jacob mientras cortamos las suelas de un grueso trozo de cuero.

—Tiene amigos.

—¿Y le dan dinero?

—Son amigos muy importantes, sí sí. Pásame las tijeras.

—No está casada, ¿verdad?

Jacob sujeta el punzón entre los dientes.

—Nnno, nnostá gasada.

—¿Pero van hombres a verla?

Jacob se saca el punzón. Levanta la mirada.

—Así es, Willo. ¿A qué tanto interés, eh? A los ricos les gusta rodearse de chicas guapas. Tocarlas. Así es como Dorothy consigue dinero y cosas bonitas y velas encendidas por toda la casa. Y también estas ropas. Pásame la punta de trazar.

—Pero siempre está muy contenta y riendo.

—En realidad, debajo de esa bonita sonrisa es tan dura como el cuero, muchacho, sí sí —pasa la punta por el cuero—. Dura como este cuero. Y probablemente no tan feliz como aparenta, no no, no tan feliz como aparenta. Y ahora deja de hacer preguntas y alísame esta piel.

La lluvia paró ese día y me fui a deambular por las calles. Los montones de nieve a los lados de la carretera ya están casi derretidos. La gente camina por el barro, con las botas envueltas en lona. Las niñas pequeñas venden campanillas de invierno.

Me siento distinto por dentro.

Ya llevo cinco meses aquí. Parece una vida entera. Atrapado en la ciudad. Las ganas de luchar que tengo dentro se apagarán si no pienso un plan. El Farngod parece estar a miles de kilómetros. Ya no digo mis palabras. No creo que vayan a ayudarme estando Perro tan lejos. Sin noticias de Padre ni Magda ni los otros. Incluso Mary empieza a ser un recuerdo. Pero son los malos recuerdos los que se te pegan como el barro a los zapatos.

Los barbacanas siempre dicen que no tiene sentido intentar quemar un leño cuando está húmedo. Hay que dejarlo secar. Que se ponga duro y seco.

Así es como me siento.

Cada día más duro y más seco.

Cuando no llueve, Jacob abre las ventanas y deja que el aire fresco disipe la peste a humo que se aferra en cada prenda y cada manta de nuestras habitaciones. Limpiamos el hollín de las paredes. Fregamos el suelo. Alquilamos una bañera de estaño al vendedor de jabón. Ayudo a Jacob a recoger agua de lluvia en cubos y la calentamos en la estufa. No tiene sentido esperar a que vuelva la energía. Jacob cuelga una cortina alrededor del fuego.

Estoy a gusto sentado en la bañera. El agua humeante me quita las preocupaciones. El fuego me calienta la cara. Me lleva de vuelta a casa. Magda llevando agua hacia la estufa, gritando, *¡Willo, baja y métete!* Los gemelos riendo entre nubes de vapor, junto a la chimenea, goteando, envueltos en una toalla, Magda les frota el pelo para que quede de punta como hierba recién salida. Yo me meto en la tina, llena hasta el borde. Me tapo. *No seas tonto, Willo, solo soy yo*, dice Magda, pero no pienso dejar de taparme hasta que se vaya. Después me puedo echar agua por la cabeza y sentirla correr por los hombros, haciéndome cosquillas en la piel de la espalda. El día de baño siempre es mejor de lo que esperabas.

A veces por la noche parece que las lágrimas van a venir. Entonces me pongo cara a la pared. Intento relajar la respiración. Esa sensación triste me hace querer llorar como un niño. Hazme caso.

Pero llorar como un bebé no traerá a Padre de vuelta, ni a Magda ni a los gemelos. No me ayudará a encontrar a Mary. Y ahora que llega el deshielo sé que debo encontrarlos. Aunque muera en el intento. Debo colarme en el asentamiento, volver al canal, a la taberna. Igual Vince sabe algo. No es Perro quien me dice qué hacer. Es mi corazón.

Debo conseguir un poni.

Pronto.

Salir una noche y dirigirme al oeste.

Siento la savia fluyendo en mi interior.

Entonces vuelve a hacer frío. El agua del deshielo y el barro se congelan en las calles. Al menos sirve para disipar el mal olor. Las calles parecen estanques congelados. Un caballo resbala, cae al suelo de rodillas entre las astas de un carromato. El caballo relincha. El conductor grita, intenta levantarlo. El caballo sigue aullando. El conductor lo golpea con el látigo, lo empuja, hasta que se rinde. Se sienta, exhausto. Las fosas nasales muy abiertas. Su aliento forma nubecitas. Los pasajeros del carro se congregan alrededor.

El caballo parece muy asustado. Alguien debe pegarle un tiro porque tiene las patas rotas. Un soldado baja de un camión y lo hace. Se llevan el caballo. Mucha gente se ha acercado a mirar a qué viene tanto barullo, pero se marchan enseguida, cuando los soldados empiezan a sacar sus pistolas. El conductor grita que era su único caballo, que no tienen derecho a llevarse todos los caballos muertos. Que tiene bocas que alimentar. Pero los soldados lo apartan de un empujón. Yo también me alejo. Tengo papeles pero no prisa por enseñárselos a nadie.

—¿Para qué quiere Bek-Murzin que la lleve a la casa de baños? Ya tiene una chica para eso, ¿no? —pregunto a Jacob.

—Le gustas, Willo. Recuerda, sé paciente.

—Pero primera vez que voy. ¿Para qué me quiere?

—No vas a entrar al baño con ella, no no —se ríe—. Solo vas a llevarle el baúl.

—¿Por qué tiene que llevarse un baúl a los baños?

—No pensarás que va a salir a la calle con el pelo mojado y las mejillas coloradas, ¿no? —dice Elizabeth—. Llevará ropa para cambiarse y todos sus potingues y perfumes en el baúl. Pesa mucho para una chica. Así que ten cuidado de no tirarlo al suelo.

Antes de irme la vieja me agarra del brazo.

—Ten cuidado, Willo. Ten cuidado.

Me da que está empezando a perder la chaveta. Afilo los restos de las tachuelas de las suelas de mis botas. Están muy gastadas de caminar por las calles heladas. No quiero resbalar mientras llevo el baúl de Bek-Murzin.

Hoy se lo voy a preguntar. Le voy a decir, *¿Qué pasa con Padre, has oído algo?* No se lo he dicho a Jacob, porque empieza a retorcerse las manos y a decir, *No la molestes, Willo, paciencia paciencia paciencia.*

Pero ya no más paciencia. He tenido tanta que al final acabaré explotando como una botella de cerveza que ha fermentado demasiado rápido. Soy bastante paciente cuando estoy sentado en el Farngod esperando que aparezca una liebre. Esa clase de paciencia tiene un objetivo, que acaba en una cacerola. Pero esta clase de paciencia no. Solo es esperar para nada.

Así que voy maldiciendo las calles y el hielo y los carros y los vendedores de priva y las ráfagas de nieve que caen de los tejados y el olor apestoso y la asfixiante contaminación y al hombre que azota a su pobre caballo y a los vagabundos sentados en la cuneta y al frío que me quema las fosas nasales. Lo maldigo todo mientras cruzo la ciudad hacia Chinatown.

Mei-Li está esperando junto a las escaleras. El baúl está abierto y ella está envolviendo un cepillo y un peine en un trozo de seda, dobla una toalla de lino y la coloca en lo alto.

—Lo he empacado todo bien, pero mantenlo derecho. No lo inclines. No inclines el baúl o se caerá todo y la señora se pondrá furiosa. No lo inclines.

—No voy a inclinarlo, Mei-Li.

—No, no lo inclines, Willo.

—¿Te has acordado de meter los polvos, Mei-Li? —pregunta Dorothy desde lo alto de la escalera.

—Sí, señora.

Dorothy baja los escalones, lleva un holgado vestido de algodón. Por encima una suave chaqueta de lana. Mei-Li le coloca sobre los hombros una capa de piel con capucha y se la ata al cuello.

—Cuánto lío para estar limpia —dice Dorothy, sus labios rojos como siempre.

Mei-Li se agacha con un par de zuecos, llevan calzas para alzarlos del suelo. Dorothy Bek-Murzin se sube en ellos y se agarra de mi hombro para mantener el equilibrio. Mei-Li se los ata con unos lazos, y más alta que yo, Dorothy sale traqueteando a la calle. Despacito y con cuidado como si estuviera cruzando un río. Sus pies y el dobladillo de su vestido lejos del sucio suelo.

—No te alejes, Willo.

El baúl me golpea las piernas. Pero, hazme caso, la gente se aparta rápido de en medio cuando ven caminar por la calle a una mujer tan hermosa.

Empieza a hablar en voz baja.

—No hables. Mira al frente.

—¿Por?

—Ya lo verás. Tengo noticias para ti, Willo. Sobre tu padre. Quiero que conozcas a alguien. Un amigo mío. Vendrá a casa más tarde. Es por eso que te pedí que me acompañaras a la casa de baños. Para contártelo. Ya no confío en nadie. Me vigilan. Sobre todo Mei-Li.

Las tachuelas de mis botas se clavan en el hielo. Me duelen los brazos de cargar con el baúl.

Tengo noticias para ti, Willo.

31

—Willo, deja el baúl en el suelo y acompáñame arriba.

Mei-Li le quita a Dorothy la capa y los zuecos de madera. La mujer baja al suelo con los pies limpios y envueltos en pantuflas.

—Mei-Li, vacía el baúl y echa el lino a lavar. Willo me va a tomar medidas para un nuevo par de guantes. Estamos esperando a un peletero que traerá unas cuantas pieles. Estate atenta de la puerta.

Mei-Li asiente. No tiene expresión en la cara, no se ve nada en ella. Hay gente con la que sabes a primera vista qué están pensando. Con esta chica no.

—No hace falta que subas. Puedes tomarte la tarde libre cuando venga el peletero. No tengo hambre.

La chica hace una pequeña reverencia y recoge el baúl.

Cuando subimos arriba, Dorothy cierra las puertas y se pone un dedo en los labios. Me lleva hasta otra puerta. Saca una llave que lleva atada al cuello con una cadena y la mete en la cerradura.

Entramos a un cuarto que creo que es su dormitorio porque hay una cama enorme de la que cuelgan unas cortinas.

La ventana está cerrada. Enciende una vela que hay encima de la mesa. Abre un cajón. Saca una cajita. De la cajita extrae dinero. Un fajo de yuanes. Me lo entrega.

Ni idea de qué quiere.

—Toma —susurra—. Vas a salir de aquí. Es todo lo que tengo. Dáselo a Callum. Podrás salir cuando Mei-Li se vaya. Él te llevará.

—No entiendo. ¿Quién es Callum?

—Baja la voz. Vendrá pronto. Tiene noticias de tu padre.

—¿De Padre?

—Escucha, Willo. Se acercan malos tiempos. Poca gente está preparada. Necesitamos toda la ayuda posible. Especialmente la tuya.

—¿Pero qué pasa con Padre?

—Callum te lo dirá.

—No entiendo.

—Escucha. Tu padre, Robin Blake…

Alguien llama a la puerta de la otra habitación. Dorothy mete otra vez la caja en el cajón.

—Deprisa.

—Pero…

Sale rápidamente del dormitorio, cierra la puerta y me empuja hacia la silla junto al fuego. Levanta una mano.

—Adelante.

Mei-Li entra pisando silenciosamente sobre la moqueta.

—…y también quiero que los guantes se ensanchen en los puños, Willo. Ah, Mei-Li, ¿ha llegado ya el peletero?

—Sí, señora, está aquí.

—Hazlo pasar, entonces. Después puedes marcharte.

Mei-Li sale de la habitación y entra un tipo grande que

lleva un abrigo de piel de poni. Lleva una mochilita en la espalda. Barro en las botas. Una espesa barba de tres días. Parece llevar mucho tiempo despierto y caminando.

—He traído unas magníficas pieles de liebre, señora. Magníficas. Tengo entendido que las quiere para unos guantes.

Echa un vistazo a su mochila.

La puerta se cierra detrás de él. Dorothy se levanta. Echa las cortinas de las ventanas. Atiza el fuego. Es la única luz que queda en la habitación. Dorothy se acerca sin hacer ruido a la cerradura de la puerta y apoya la oreja contra ella.

—Se ha ido.

El hombre se quita el sombrero. Tiene la cabeza grande, cuadrada, sólida. El pelo rapado. Las mejillas afiladas y oscuras bajo la barba. La piel curtida de mucho tiempo a la intemperie.

—Lo has conseguido. ¿Cómo saliste del asentamiento, Callum? —dice Dorothy.

—No fue fácil. Hay barricadas por todas partes. Soldados en cada rincón. Las bandas de Beetham arrasan con todo por las noches porque no entra droga. Solo puedes entrar o salir con un permiso de trabajo. E incluso así… Con las lluvias, el barro… He venido por el canal inundado.

—¿Y los niños?

—Me sorprendió una ventisca. Perdí al chico. Yo…

Dorothy se acerca a él, le toma del brazo.

—Lo siento. Lo siento muchísimo.

El tipo se frota la cara.

—No se podría haber hecho nada... Pero... conseguí

volver aquí. Encontré a la chica. Me pasé el invierno en el asentamiento. Es terrible. Terrible. Nadie puede entrar ni salir sin papeles. Casi no queda comida...

Dorothy le pasa una mano por el brazo.

—Tal vez encuentres al chico.

El tipo la mira con ojos tristes. Niega con la cabeza. Se quita la mochila.

—¿Y tú, Dorothy?

—Vinieron. Me hicieron preguntas.

—¿Sobre qué?

—Sobre si había oído algo. Ya sabes, a quién había visto.

—¿Qué saben?

—Más de lo que cuentan. Se pusieron duros pero no les conté nada. Saben que tengo contactos... amigos en el asentamiento.

—Debes tener cuidado. Aquí estás sola. ¿Este es el chico? —me mira.

—Sí, el hijo de Robin Blake.

—Dorothy dice que has venido de las montañas, Willo. Solo.

Posa sus ojos cansados sobre mí, Dorothy a su lado.

—Le he dado todo el dinero que tengo —dice Dorothy.

El hombre mira fijamente el hermoso rostro de la mujer. Le agarra la mano.

—¿No vienes, Dorothy?

—¿Por la montaña? Mírame. Mira mis manos, Callum, míralas.

Coloca sus pálidos dedos cubiertos de anillos sobre la mano enguantada del tipo. Le agarra la muñeca.

—¿Crees que con ellas podré excavar en la nieve para

buscar patatas o cortar leña o cargar cubos de agua? —dice.

Callum sonríe.

—Te haremos unos guantes.

Ella se aparta.

—Escúchame, Callum. No puedo ir.

—¿Pero qué harás entonces, Dorothy?

—Lo que he hecho siempre: cuidar de mí misma.

—Están vigilando a todo el mundo. Aquí no estás a salvo.

—Sé cuidar de mí misma, Callum. Ya lo sabes. Nací en una tienda como tú, pero me he vuelto débil. Recuerdo el tacto de los harapos en los pies pero he encontrado otro camino. Tú eres como un perro, Callum, pero yo soy un gato, siempre busco la calidez de un fuego. No puedo ir con vosotros. Pero el chico sí, el chico irá.

Callum se da la vuelta hacia mí.

—Así que eres el hijo de Robin.

—¿Conoces a Padre?

—Dorothy me habló de ti. Por eso he venido.

—¿Por qué? ¿Y Padre?

—Se lo llevaron, a él y a su mujer. A todos los que estaban en la montaña.

—Ya sé que se llevaron a Padre. ¿Pero adónde? ¿Por qué has venido aquí a buscarme?

Siento rabia hacia este enorme barbacana porque me habla como si sabe algo que yo no.

—No sabes lo que está pasando, Willo, pero debes confiar en mí. Debes venir conmigo. Esta noche. No tenemos mucho tiempo. Es lo que tu padre habría querido, Willo. Habría querido que vinieras.

—¿Y tú qué sabes? ¿Qué sabes lo que quiere Padre?

—Lo sé. Estoy aquí por él. Nos marchamos por él.

—¿Marcharnos? ¿Adónde?

—Han construido el barco. Es el momento. Vamos a ir a la Isla. Las polillas han remontado el vuelo.

—¿Qué isla? ¿Qué polillas? Dime por qué sabes cosas de Padre.

—Porque leo sus palabras todos los días, Willo. Todos lo conocemos.

—¿Qué dices? ¿Qué dices de leer sus palabras? ¿Dónde está?

—El chico no lo sabe, Callum —dice Dorothy, que se da la vuelta hacia el fuego. Apoya la cabeza en el mantel.

Un viento caliente sopla en mi cabeza. *Leer es lo que te hace humano, Willo*. Padre me está enseñando cómo limpiar una piel, sujeta la espátula con firmeza. *Debemos ser faros de esperanza*. Veo a Padre dirigiendo a los barbacanas a cortar heno en el Farngod. *Esto no es más que un momento en que los hombres se han olvidado de ser humanos, ¿no lo veis?* Veo una imagen de Padre en mi cabeza, corriendo hacia el río. *Levántate, Willo. La muerte acecha en las calles. El mal. El instinto animal de la gente*. Lo veo leyéndome páginas de su libro.

El barco a Barmuth. El viejo Roger y los pescadores que se quedan allí todo el invierno, incluso cuando se ha terminado la reunión. Escucho a los mayores hablar de ello. Y todos le llevan a Roger comida y leña e impermeables porque se queda todo el invierno.

—Willo.

Los dos se me quedan mirando.

—Tienes que decírselo, Callum —dice Dorothy.

Pero yo me estoy hundiendo en el lago Trawsfinid. Abajo, hacia la negrura, como una piedra. Padre sentado desnudo sobre la hierba. *Tienes que aprender a nadar, Willo.*

No. No me ha contado todo.

—Willo —Callum me agarra del hombro—, ¡mírame!

Levántate, Willo. La muerte acecha en las calles. El mal. El instinto animal de la gente.

El viento sigue soplando, desbocado, me hundo en la negrura. Unos brazos bajan a por mí. Pero yo caigo y me retuerzo.

Dorothy grita.

Abajo se oye el crujido de madera rompiéndose.

—¡Willo! —Callum me agarra del brazo— La ventana. En el dormitorio.

Una botas resuenan en la escalera.

Pom

Pom

Pom

Pom

—¡Deprisa, Dorothy!

Voces que gritan en mi cabeza.

Las puertas se abren de golpe. Una maraña de rostros.

La habitación se llena de hombres vestidos con abrigos largos y guantes gruesos y pistolas. Olor a cuero. Las suaves llamas del fuego dan lengüetazos en la chimenea, sombras oscuras caen por el umbral. El viento sigue soplando en mi cabeza. El río dentro de mí se alborota con el deshielo.

—¡Ahí está! Es él.

Los hombres del olor extraño gritan, entran con fuertes pisadas. Mesas caídas. Cristales rotos. Apresan a Callum.

Lo apartan de la ventana.Dorothy se lanza chillando contra ellos. La agarran por el brazo y la empujan a un lado mientras se abalanzan sobre Callum. Lo arrastran por las piernas. Le golpean en la cabeza con una pistola. Alguien me tumba en el suelo. Parece que ha entrado un huracán en la habitación, de esos que arrancan los árboles del suelo.

Y en el ojo de la tormenta, una silueta se abre paso entre los escombros. Los soldados se apartan. Arrastra del pelo a Dorothy. Le retuerce la melena con su manaza. La pone en pie. Callum está gruñendo en el suelo. Solo veo el brillo de las relucientes botas de ese tipo tan grande. Los amplios músculos de su espalda, tensos bajo el abrigo.

—¿Crees que este es el modo de devolvernos el favor?

—¡No! ¡Por favor!

El tipo grande la agarra del cuello y de las manos. Tira de una de ellas hacia atrás, con fuerza.

—¿Vas a hablar, puta? ¿Vas a hablar ahora?

La abofetea con el reverso de la mano. Sangre en la nariz. Dorothy cae al suelo.

—Cuánto tiempo, ¿eh? Sabía que estabas podrida por dentro. Te sacaré hasta la última gota de podredumbre que tienes en esa hermosa cabecita tuya. Tenemos tiempo de sobra para hacerlo.

Vuelve a levantarla. Acerca la cara a la suya.

—No tienes buen aspecto, querida —le limpia la sangre del labio con el pulgar. Le agarra la cabeza con la mano.

—Te estás haciendo vieja, Dorothy. Ya no eres más que una puta vieja del asentamiento, una puta vacía por dentro.

Dorothy le escupe en la mejilla.

El tipo se limpia el escupitajo lentamente.

—Pensé que serías razonable, Dorothy.

Le golpea otra vez. Su mandíbula cruje. Dorothy emite un débil gemido. Cae sobre el suelo como un trapo. Una mano áspera me mantiene pegado al suelo. Los soldados la levantan por los hombros. La atan. La hacen rodar por el suelo.

—¡Encended la luz, joder!

Alguien abre las cortinas.

Entonces el tipo de las botas relucientes y la sangre en la mano se da la vuelta.

Se da la vuelta hacia la fría luz grisácea que cae sobre la mesa derribada que hay junto a la ventana. La luz se refleja sobre los cristales rotos que hay en la moqueta y sobre la punta de sus botas. Los botones de su abrigo centellean. El brillo se refleja en su cara. Va bien afeitado pero tiene la misma barbilla cuadrada. Una cicatriz sobre el ojo izquierdo. Se aparta un mechón de pelo de la frente. El dedo corazón muy corto. Me mira. Sus gélidos ojos azules parecen sorprenderse al verme aquí.

El viento que sopla en mi cabeza solo puede susurrar un recuerdo, susurrarlo en voz baja. *Te contaré un secreto, Willo. Los hombres son malos y sus ideas también.*

Mei-Li está callada junto a la puerta. Su rostro es una hoja en blanco.

Patrick. Patrick. Patrick. Patrick.

32

Está oscuro. Tanto que no veo. Siento las paredes muy cerca. El sonido de mi respiración sobre el suelo. Las muñecas atadas con una cuerda, muy fuerte, las manos dormidas. El tacto frío y duro del suelo en la cabeza. Huele mal.

Se abre una rejilla en la pared. Un rectángulo de luz en el muro. Una sombra detrás.

Entonces entra la luz. De golpe, como un disparo. Me ciega unos instantes. Oigo cerrojos abriéndose.

A través del suelo manchado veo sus pulidas botas de cuero en el umbral.

Entra.

—Ay, Willo, Willo —dice como si le da pena verme allí.

Patrick se quita lentamente los guantes y se los da al guardia que hay en la puerta. Después la cierra. También la rejilla.

Estamos solos.

Se pone en cuclillas. Sus botas crujen. Sus muslos tiran de las costuras de sus perneras.

—Hola, Willo.

Pero ya no es mi amigo.

—El mundo es más grande de lo que imaginabas, ¿eh?

—Pensaba que eras amigo. Pensaba…

—Ya he escuchado suficientes moralinas durante medio año en esa montaña helada, chico. Estoy harto. Pero tienes razón: en realidad no soy tu amigo —me mira con ojos fríos—. Aun así me gustas, Willo. Me gusta la gente que ve las cosas tal y como son.

—¿Qué has hecho con Dorothy? ¿Qué le has hecho? Ella no hace nada malo.

—Aquí las preguntas las hago yo. Más vale que lo entiendas pronto si no quieres empeorar las cosas —se levanta, contempla las húmedas paredes de la celda—. Pero por el momento resulta que me sigues gustando, Willo. No lo olvides —se encoge de hombros y ondea una mano—. Solo por el momento.

—No eres quien decías. No eres más que una rata chivata como Geraint.

—¿Geraint? —ríe—. ¿Qué tienes en contra del pobre Geraint? Al menos él sabe acercarse al sol que más calienta. ¿No te gusta que tontee con tu hermana? ¿Es eso? ¿No te gusta que juguetee con Alice? ¿Que se revuelque con ella como si fuera una cabra? Al menos tuvo la decencia de llevarse a la chica y al mocoso a vivir con él.

Se agacha otra vez y me mira a los ojos.

—Al menos tu hermana tuvo el sentido común de engendrar con alguien que podía sacarla de esa pocilga helada en la que vivíais. Deberías alegrarte por ella, sentirte orgulloso. Geraint le salvó la vida.

—¿Qué quieres decir?

Se agacha un poco más y me agarra por la parte de atrás

de la chaqueta. Me levanta del suelo con sus poderosos brazos.

—Lo mejor que ha hecho nunca tu hermana fue ponerse caliente y dejar que el viejo Geraint se la metiera detrás del granero.

—¡No hables así de ella! No estabas allí. Tú…

—Pero sé dónde está ahora, Willo. A salvo con Geraint y con el mocoso en un convoy de camino a la tierra prometida. A China, Willo. Algún día el sol volverá a brillar. Ya te lo he dicho, ese viejo granjero le salvó la vida.

—¡Mentira!

—No. Y también sé dónde está tu padre y Magda y todos esos mocosos chillones.

—¿Dónde? ¿Adónde los has llevado?

—Lo primero es lo primero —se levanta. Da un pisotón en el suelo. Le grita al guardia—. ¡Tráeme una silla!

Patrick agarra la silla con una mano y la mete en la habitación. La deja en el suelo con un sonoro golpe. Entonces veo una cadena que cuelga del techo. Una enorme cadena herrumbrosa con un garfio en la punta. El estómago se me quiere salir por la garganta.

Patrick me levanta. Patrick, que durmió en casa de Padre durante todo el invierno, me lleva a rastras hacia la silla. Me levanta los brazos y me los pasa por la espalda. Grito pero no hace caso.

—¿Dónde estabas escondido, Willo? ¿Con quién has estado? Tenemos a Callum Gourty y a la puta de Dorothy. ¿Pero quién más está por ahí, Willo? ¿Quién te ha estado alimentando durante el invierno?

—¡No diré nada!

—Yo en tu lugar me habría quedado acurrucado en la montaña a esperar la muerte.

—¡No me atrapaste porque me escondí en la colina!

—¿No se te ha ocurrido pensar que sabía dónde estabas? Ya te lo he dicho, Willo: me gustas. Preferiría que hubieras muerto allí arriba, en la nieve. Pero parece que has heredado la manía de tu padre de meter las narices en cosas que no entiendes. ¡Habla!

—No diré nada.

Patrick patea la silla y me caigo al suelo de cara. Ahora solo veo sus botas. Siento un dolor fortísimo en el cráneo. Estoy indefenso como un armiño en un cepo.

—¡No intentes joderme, mocoso renegado! ¡Vas a contarme lo que sabes, así que no me toques los huevos!

Se da la vuelta. Veo los talones de sus botas. Dolor y miedo me recorren. No hay salida, no hay lugar donde esconderse. Cierro los ojos. No quiero hablarle del viejo Jacob y su mujer. Ni de Mary. De Mary ni de coña.

—Tenía esperanzas puestas en ti, Willo. Esperaba que esto fuera a ser fácil. Pero estoy empezando a perder la paciencia. ¿Con quién has estado? ¡Dame nombres!

—No he estado con nadie, con nadie…

Aprieta su pie contra mi mejilla. Su enorme suela de cuero huele a humedad, me aplasta la cabeza contra el suelo.

—De vedad… No he… estado… con nadie.

Levanta el pie. Suspira y menea la cabeza. Entonces me pega un patadón en las tripas. El golpe me corta el aliento. Me va a estallar la cabeza de tanto dolor. No puedo respirar. Lo intento pero el aire no llega. Voy a morir en este suelo. Entonces respiro. Mis pulmones se llenan de aire y vomito.

Pero Patrick no ha terminado.

—¡No te atrevas a mentirme, joder!

Otro patadón en la tripa. Mis piernas se sacuden por el dolor. Entonces llamo a Magda a gritos porque son las únicas palabras que me vienen. Pero Magda no está. Tampoco sus cuidados como los de una madre. Me pregunto si Patrick tiene madre. Qué diría si lo ve así. Me escucho gemir y balbucear y vomitar en el suelo. Le miro a la cara. La misma cara. El mismo Patrick al que he visto bordar cuidadosamente su morral. El mismo Patrick que cortaba leña con Padre. El mismo Patrick encorvado sobre su cuenco de comida en la mesa de la cocina.

—¿Algo que decir, Willo?

—¿Por qué?

Mi voz sale como un gemido. Espero el siguiente golpe.

—¿El qué? ¿Por qué estás aquí? ¿Por qué quiero saberlo? Hay muchos porqués, Willo.

—No hacemos nada malo.

Patrick suelta un bufido burlón. Agarra la silla, la levanta conmigo encima. El vómito que me mancha el pecho apesta. El dolor me rodea como una tormenta.

Patrick se apoya en la pared. Del bolsillo del abrigo se saca un paquete de tabaco. Se lía un cigarro lentamente.

—Me moría por un poco de tabaco decente ahí en la montaña, Willo. Pero fui paciente, jamás he tenido tanta paciencia como entonces. Siempre que encontraba a un nuevo alborotador, encontraba ese libro. Ya sabes cuál: *En busca de un arca*. Todo el mundo lo tiene…

Enciende una cerilla.

—¿Alguna vez has sentido el calor de los rayos del sol

en la espalda, Willo? Un calor tan intenso que te anima a quitarte la camisa, a bañarte en el mar. ¿Alguna vez has sentido eso? —deja escapar el humo—. No, no lo creo. El sol es muy poderoso. He estado en África. He visto desiertos cubiertos de brillantes paneles solares. Cientos y cientos que se extienden hasta donde alcanza la vista. Allí hace un calor casi insoportable. Y todos esos paneles absorben los hermosos rayos del sol y los convierten en energía. Es algo asombroso, Willo. Un huerto solar es una maravilla de la tecnología moderna. ¿Y qué estábamos haciendo nosotros?

Da una última calada, tira el cigarro al suelo, lo pisa.

—¿Qué estábamos haciendo nosotros mientras los chinos compraban ese cálido desierto? Levantar parques eólicos y ahogarnos en nuestra puta basura. Eso es lo que estábamos haciendo. Y pelearnos por las últimas gotas de petróleo —me señala—. ¡Eso es lo que estábamos haciendo! Y yo no pienso quedarme al cuidado de un puto basurero. Así que, dime, ¿por qué todo el mundo la tiene tomada con Oriente? Yo no. Pero todo el que sí, tiene ese libro. Miran de reojo hacia Occidente. Lo que hay que hacer es ir a Oriente, Willo.

Se agacha y me agarra la cabeza. Siento sus dedos clavándose en mis mejillas. Está muy cerca. Tanto que huelo la peste a tabaco en su aliento.

—Oriente es el futuro. Allí es donde iré cuando me gane mi pasaporte. La tierra del sol naciente, Willo. Así que vas a decirme quién te ha estado alimentando y allí también encontraré el libro. Y entonces encontraré el siguiente eslabón de la patética cadena de eso que llamáis Resistencia.

¿Qué os creéis que es esto? ¿La maldita Segunda Guerra Mundial? ¿Pensáis que los americanos vendrán a rescataros esta vez?

—No entiendo. No he estado con... nadie. He... sobrevivido... solo.

Baja la cabeza. Deja de agarrarme la cara con tanta fuerza.

—Eres un iluso, Willo. Igual que tu padre.

—¿Qué has hecho con él? ¿Y con Magda y los gemelos?

Patrick vuelve a agarrarme con fuerza, sus dedos me hacen daño en la cara.

—¿Quieres saber algo sobre tu padre? ¿Quieres saber lo que me dijo?

Me esfuerzo por mirarle a los ojos.

—Me dijo lo decepcionado que estaba de tener un hijo retrasado como tú. Me dijo que era incapaz de quererte.

—¡Mentira! ¡No conoces a Padre!

—Le conozco, Willo. Le conozco muy bien. Mejor de lo que te piensas. ¿Sabes quién es tu padre?

—Robin Blake. Mi padre es Robin Blake.

Patrick se ríe.

—Tu padre era el gran John Blovyn. ¿Me oyes? Tu padre no era Robin Blake. Y no te quería.

MI PADRE NO ES ROBIN BLAKE
MI PADRE ES JOHN BLOVYN

El viento aúlla en mis oídos. Sopla, gira, me golpea.

—¿Has oído eso? —grita Patrick— John Blovyn, el que escribió cada palabra de ese libro. Ese es tu padre. Te mintió, Willo. Tanto tiempo escondido en la montaña, y ni siquiera te lo contó. Escribió ese libro que encuentro en cada ratonera a la que voy. Pero no te lo contó, Willo. Porque no le importas. ¿Sabes cuánto tiempo tardé en encontrarle? ¿Cuántas noches como esta hicieron falta? Largas noches en estas celdas congeladas. Arrancando nombres. Y después me pasé medio año comiendo ese asqueroso puré de avena que me caía en las tripas como un bloque de hormigón. Medio año durmiendo en ese incómodo lecho relleno de paja. Medio año sintiendo el picor de la lana en la espalda. Medio año escuchando cómo me sermoneaba con sus absurdas teorías sobre el cambio y la jodida naturaleza humana. Y no me dijo nada. Estuvo a punto de volverme loco, Willo. ¡A punto! Pero tú, tú nunca respondiste a sus estúpidas preguntas. *No, Willo, las pistolas son malas. No, Willo, leer es bueno. Deja la espátula y escúchame, Willo*. Tú te limitabas a ponerte tu estúpido cráneo de perro y a corretear por las colinas. Te envidiaba, ¿sabes? Porque yo tenía que tragarme sus peroratas noche y día.

—Él no hace nada malo. ¿Qué has hecho con él? ¿Y con Magda y los demás?

Se me escapa decirlo porque el agujero negro de sus palabras ha estado creciéndome dentro como una tormenta. Me salen lágrimas de los ojos, me queman. No tengo dónde esconderme. Todo se desmorona y no soy nada. Como esa piedra que se hunde en el lago. Mejor si me mata y acabamos ya.

Se me cae la cabeza hacia delante. Patrick me golpea otra vez. Con todas sus fuerzas. No sé por qué. Me cruza la mandíbula con el reverso de la mano. Tan fuerte que me tira al suelo.

La boca me sabe a sangre. A sangre, a vómito y a dolor. Y sé que esto es solo el comienzo.

—Tu padre se hacía cada vez más tonto, Willo. ¿Debo hablarte del final, Willo?

No hago otra cosa que gemir en el suelo en un charco de sangre y vómito y miedo.

—Puede que me estés diciendo la verdad. Nunca fuiste muy listo. No eres más que un retrasado. Ahora entiendo por qué estaba tan decepcionado contigo. Sí, contigo, el hijo del gran John Blovyn, que correteaba por las colinas como un perro salvaje. Pero nunca me lo contó. Nunca me dijo qué isla, nunca me dijo con quién estaba en contacto. Nada. Hizo lo mismo aquí. Incluso ante los cadáveres de su gente. Incluso cuando rogaba a Dios a gritos, Willo. Al final todos encuentran a Dios.

Veo a Patrick a través de mi ojo hinchado. Va hacia la puerta, le pega una patada, se da la vuelta.

—Ya te dije una vez, Willo, que no soy la clase de hombre que muere por un ideal. Eso me pone enfermo. Antes quemaban a la gente. Los torturaban y los quemaban por las ideas que rondaban por sus cabezas. Nada ha cambiado. Nunca he entendido por qué los hombres están dispuestos a morir por pensamientos abstractos. Y tu padre era uno de esos hombres. Así que tal vez, tal vez decidió no contarte nada. A su hijo retrasado y medio lobo. Al que nunca pudo querer.

—¡Padre nunca dijo eso! —grito para acallar las voces que resuenan en mi cabeza. Patrick se desliza por mi mente como una serpiente—. ¡Nunca dijo eso!

—Ay, Willo. Sé más de lo que te piensas. Dorothy fue muy comunicativa, así que no hace falta que hables. Bek-Murzin me dio un montón de nombres.

—Mentiroso. ¡No lo hizo!

—No tienes ni idea de cómo es la gente, ¿eh? Sonsacar a esa puta fue tan fácil como pelar una manzana podrida. Tiene una piel hermosa, desde luego, pero por debajo no es más que un amasijo de carne y gusanos.

—¡Mientes!

—Recuerda, Willo, lo mucho que querías una pistola. Lo que sentías al empuñar una. Tienes razón. Una pistola es lo mejor para disparar a los perros.

Se agacha y me levanta del suelo. No me queda nada dentro. Nada que decir. Nada de fuerza en el cuerpo.

Mi padre es John Blovyn.

Pensamientos chocan en mi cabeza como olas.

Patrick me saca a rastras de la celda hasta un pasillo. Casi no hay luz, solo un farol que cuelga del techo. Puertas metálicas a cada lado. Me pregunto si hay gente en esas celdas oscuras. Gente como yo.

Un guardia abre la puerta. Un hombre sin rostro.

Los cerrojos se abren. Es una celda como la mía. El mismo suelo desnudo. Manchas oscuras sobre el hormigón. Restos de sangre humana. De lágrimas y vómitos y dolor. La misma luz tenue. El mismo olor a miedo y sudor y crueldad.

Me muero por dentro cuando la veo. En las tripas no me queda nada que echar. Lo único que me queda es la sangre en las venas. Bombeando a través de mi corazón. Agolpándose en mi carne.

Tiene la cabeza caída sobre el pecho. El pelo le cae en mechones oscuros sobre la cara. Esa cara que era todo belleza y suavidad y delicadeza femenina ahora está amoratada. Los labios hinchados. Las mejillas magulladas. Manchas de sangre en la boca rota y restos de vómito en la poca ropa que le queda. Sus pies pálidos colgando sobre el suelo. Las manos atadas a la espalda. La han colgado de una cadena.

Caigo de rodillas. No me queda nada. Ni una fibra que me mantenga en pie.

Pero Patrick me empuja hacia delante.

—Mírala. No es más que un ejemplo de la escoria del asentamiento. Ya te lo he dicho. Debajo de esa piel hermosa no hay más que carne y gusanos. Al final me lo contó todo, Willo.

Dorothy gime. Levanta su cara destrozada.

—Ahora, Willo, puedes ver el mundo tal y como es —dice Patrick.

Dorothy me mira. Sus ojos son apenas dos rendijas hinchadas.

Le perdono todo lo que haya dicho.

—Es peor que un perro, Willo. ¿Me oyes, puta? Los perros no muerden la mano que les da de comer.

Dorothy se mueve pero ni una palabra sale de su boca.

Patrick me agarra por la nuca. Me sujeta para que mire a Dorothy. Se abre el abrigo con la mano libre. Se lleva la mano al cinturón. Saca una pistola.

—Dime, Willo, ¿qué se hace con un perro herido? Acabar con su sufrimiento. Eso es lo que se hace, ¿no es verdad?

—¡No!

—Sí, acabar con su sufrimiento.

Me aprieta contra él.

—Quieres que acabe con tu sufrimiento, ¿verdad, Dorothy?

Dorothy se retuerce. Un gemido quebrado escapa de sus labios.

Patrick apoya la pistola contra su cabeza.

—Así es como se dispara a un perro, Willo.

33

Creo que es la hora de morir.

Pero no quiero.

El fin se acerca despacio. Sabor a miedo en la boca. El final es más lento de lo que esperaba.

Es como si tu vida entera flota a tu alrededor y cada cosa que has visto y escuchado y cada persona a la que has conocido aparece hablando y riendo y llorando, te pones a pensar en todo lo que has dicho, en lo que has hecho y dejado de hacer, lo bueno y lo malo mezclado como si no hay fin ni tampoco principio.

Como las estrellas que se extienden por el cielo infinito.

Me tiran como a un saco en la parte trasera de un camión. Lo huelo, lo escucho, lo saboreo en la oscuridad. Las manos atadas con fuerza a la espalda. Otro cuerpo tirado junto a mí.

Igual es Dorothy.

El camión se estremece. El motor vuelve a la vida. Padre hablaba de motores, pero no del olor, de cómo huelen. Del humo que escupen a bocanadas. No es lo único que no me ha contado. Padre no era quien yo pensaba. Pero tampoco es el hombre que dice Patrick.

Debo intentar olvidar las cosas malas que me ha dicho Patrick. Porque todos no están. Solo estoy yo y este cuerpo a mi lado. Pero los malos recuerdos son los que se te quedan pegados como barro en los zapatos.

Patrick ha estado hurgando dentro de mi cabeza como un gusano que entra en una patata. No se nota por fuera, pero por dentro está devorada.

Las cosas que hay en tu cabeza son las únicas que cuentan, Willo. Nadie puede entrar ahí si no le dejas. Puedes llenar tu cabeza de cosas buenas y llevarlas por ahí como un barco por el mar. Guárdalas en tu cabeza, en donde nadie podrá tocarlas.

El camión pega una sacudida y sale disparado, tambaleándose a un lado y al otro. El cuerpo rueda hasta chocar conmigo en la oscuridad.

El cuerpo intenta hablar. La boca llena de sangre. Cada palabra le cuesta horrores.

—¿Quién eres?

—Willo Blake —susurro.

—¿Willo? Soy yo.

—¡Callum!

Me doy la vuelta, me duele el cuerpo entero.

—¿Qué han hecho… con Dorothy? —pregunta con voz ronca.

—La han… la han… Está muerta.

—¿Estás seguro?

—La he visto.

Escucho su aliento en mi oreja. Nuestras cabezas traquetean juntas sobre el suelo del camión.

—Hay algo que debes saber. No te dije que… que tu padre…

—Lo sé. Sé quién es.

El camión da un giro brusco hacia la derecha. Callum se pone tenso.

—¿Adónde nos llevan? —digo.

—Te matarán, Willo. Eres importante para ellos… tienes que…

Se atraganta, empieza a toser, escupe sangre.

—Tienes que escapar. Tienes que… —la tos vuelve a sacudir su cuerpo—. Tienes que llegar al barco.

—¿El barco?

—Llevo un cuchillo en la bota.

Habla muy bajito, tengo que acercarme a él, con la cabeza pegada al frío suelo del camión.

—¿Qué?

—Un cuchillo. En la bota.

—¿Pero qué es eso del barco?

—Es el barco que va a la Isla.

—¿A qué isla?

—Muy lejos, Willo.

—Dorothy habló —digo.

—Dorothy no sabía… casi nada.

—¿Sobre el barco?

—Casi nada importante.

—¿Y qué hay de Jacob?

—No conozco a ningún Jacob —Callum Gourty se retuerce de dolor con cada nueva frase que dice—. No he oído hablar de él.

—¿Dónde está el barco?

Suelta un gemido. Su respiración cada vez más débil.

—En la playa que hay debajo del castillo de Harlech.

Zarparán antes… antes de que termine el deshielo. Hay algo que debes hacer por mí. Alguien me está esperando… alguien muy importante para mí. Debes encontrarla.

—¿Y qué pasa contigo?

—El barco, Willo. Es lo que quería tu padre.

—Quién sabe qué quería.

—Escucha, Willo… —tengo que acercarme más porque Callum ya solo habla en susurros—. No pudo contártelo porque era demasiado peligroso. Pero el barco está listo. Debes marcharte. Y ayudarla. Por favor. Te necesitamos.

—¿A quién? ¿De quién hablas?

—De mi hija. Me está esperando…

El camión aminora. Se escuchan voces.

Nos detenemos.

Escucho pisadas sobre el suelo. Me quedo inmóvil. Pisadas que van hacia la parte trasera del camión.

¿Va a ser ahora? El fin, digo. Cierro los ojos.

—Dos prisioneros.

—¿Adónde?

—Al campamento de Wylfa.

—Adelante.

Las pisadas se alejan.

El camión arranca de nuevo.

—¿Callum? ¿Callum?

—Asegúrate de… —le sale sangre por la boca.

Le escucho toser, tener arcadas. Sus piernas se revuelven sobre el suelo del camión. Emite un sonido agudo, primera vez que escucho uno así. Intento levantarme. Intento incorporarme. El camión toma una curva y vuelvo a caer.

Callum suspira.

—Sube a mi hija al barco…

—¡Espera! —me incorporo. Siento su cuerpo detrás de mí. La áspera tela de sus pantalones. Paso los dedos por su pierna. La rodilla empapada de sangre. La dureza de sus espinillas. Me inclino, llego hasta sus pies, hasta los cordones de sus botas. Toco los nudos con mis dedos hinchados. Debo deshacerlos. Es como preparar una trampa en la oscuridad.

Las piernas de Callum se ponen rígidas y se sacuden. Aparto las manos. Más arcadas.

Sus últimos momentos. Lo oigo. En la oscuridad. Primera vez tan cerca de un muerto. Es como cuando apagas una vela. La última bocanada de humo que se te mete en la nariz. El hedor de los últimos restos de cera.

Me pregunto adónde habrá ido el último humo de este gran hombre. No puedo verlo ni sentirlo.

Hay un tiempo en que pensé que iba a morir. En el Farngod. En la cueva. Me perdí en la cueva y no tenía farol. Perdido en los oscuros túneles, en las tripas de la montaña. Nadie sabía que estaba allí. La montaña respira suavemente, en silencio, como si solo toma aire una vez cada mil años. Sin estrellas sobre la cabeza, no hay cielo entre la negrura. Una vez dentro no sabes cuánto tiempo pasarás allí. Y no vale la pena gritar.

Pero yo grité. Grité a la montaña. Y el miedo se volvió tan fuerte que perdí el camino. Me quedé tirado en el suelo, como una piedra helada.

Al despertarme seguía vivo, la montaña respiraba y me susurraba: *Solo soy una montaña. Nada más que un bulto de piedra. El miedo solo está en tu cabeza.*

Y la voz de la montaña y de la liebre y del perro y de la

gente que estuvo en esa cueva mil años antes empezaron a susurrar en la oscuridad. Entonces perdí el miedo. Seguí el olor del aire fresco, dejando atrás el de la montaña, y salí arrastrándome por los túneles.

Desde entonces no tengo miedo de la oscuridad. Solo de las cosas de mi cabeza.

Así que debo hacerlo.

Debo salir de aquí. Si no, me matarán o me harán hablar. He visto lo que hacen. La imagen de Dorothy, rota, colgada en esa celda. Esa imagen arde en mi interior cuando cierro los ojos.

Debo quitarle la bota. Encontrar el cuchillo.

Debo quitarle la bota a este hombre muerto al que apenas conozco.

Solo conozco su nombre.

Cierro los ojos. Palpo los cordones. Los sigo. Visualizo el nudo en mi cabeza. Lo aflojo.

Y lo desato.

Suelto los cordones. Le quito la bota. Cuando meto la mano sigue caliente. Caliente y húmedo. Rebusco con los dedos y levanto la suela.

Encuentro un trozo duro de metal.

Apenas siento los dedos. Pero el filo muerde las fibras de la cuerda. Un corte. Un corte cada vez. Debo tener paciencia. Porque no quiero que sea hoy cuando me lancen a la negrura como una piedra.

Me libero y me soplo las palmas. La sangre vuelve a ellas. Ahora corto la cuerda que aferra mis tobillos. Apoyo la cara en Callum Gourty y siento su áspera barba sobre la mejilla. La sangre ya no corre por sus venas. Le pongo un dedo en el cuello, no noto el *pum pum pum*. Es raro tener su cara tan cerca. Ni siquiera recuerdo cómo era.

Le pongo otra vez la bota. No me parece bien dejarle descalzo. Le cierro los ojos como he visto hacer antes a Magda con esa mujer de la ciudad que murió. *Hay que cerrar los ojos de los muertos para que no te lleven con ellos.*

A cada segundo pienso que el camión va a parar. Que algún tipo sin rostro vendrá a sacarme a rastras. A lanzarme a esa zanja de cadáveres en la plantación.

Estoy tan acelerado que no siento el dolor. Debo dejar de pensar. Debo salir de aquí.

Tengo el cuchillo entre los dedos y lo utilizo para rajar la lona de la parte trasera del camión. Es como cortar cuero.

La tela chirría con cada nuevo corte. Siento el aire en la mano. *Rajar rajar rajar*. La atravieso.

Veo la carretera avanzando a toda velocidad en la oscuridad. El viento frío me corta el aliento. Bajo las ruedas la capa de hielo sigue sólida y blanca. Las ruedas grandes y rápidas y el fuerte rugido del camión. Estamos entre árboles. Oscuridad a cada lado de la carretera.

El miedo no debe aflojarme las piernas. El camión gira hacia la derecha. Veo un montoncito de nieve en la noche negra.

Y salto.

Aterrizo sobre la nieve. Me he salvado. El camión se aleja a toda velocidad. Doy vueltas de campana sobre la nieve y caigo a la carretera. El camión prosigue su furiosa marcha. Rugiendo. Me quedo inmóvil, tumbado boca arriba sobre el hielo. Las luces desaparecen.

Me arrastro hacia la cuneta. Me meto entre los árboles y

me dejo caer sobre el frío y duro suelo. Me siento como si me hubieran golpeado mil puños. El sueño me llama. Pero debo levantarme.

La bota de Callum, húmeda y cálida. Callum me pidió algo antes de morir.

Un pensamiento me golpea en la cabeza.

Y tomo una decisión.

Porque hay alguien a quien he dejado atrás. En la ciudad.

Mary.

Sobre mí se alzan las enormes patas de una torreta de alta tensión. Los cables ronronean. Siento picores en la piel.

El cielo de la noche está despejado, negro, las estrellas parpadean durante miles y miles de kilómetros.

Tú, el hijo del gran John Blovyn. Corriendo por las colinas como un perro salvaje. Nunca te quiso, Willo.

Las palabras de Patrick resuenan en mi cabeza.

Nunca te quiso, Willo.

La cuneta está congelada, cubierta de nieve, por encima asoman ramas desnudas y cubiertas de espinas. Huele a zorro.

No sé cuánto he avanzado desde que salté del camión, pero he vuelto a alejarme de la carretera. Camino entre los árboles.

No hay nada para cubrir mis huellas. No hay nieve fresca. El deshielo se acerca sin pausa. Y sé que ellos vendrán pronto.

Avanzo entre los árboles hasta que mi cuerpo grita por un descanso. Me tumbo en la cuneta pero no me llega el sueño, solo imágenes, demasiado reales para ser sueños. Las escucho, las siento y las saboreo.

Estoy de vuelta en ese árbol con Magda y con Padre que recogen bellotas en el suelo. Y yo les estoy gritando. *¡Los lobos! ¡Vienen los lobos, Padre!* Los veo por debajo de los árboles. *¡Levantaos!*, grito. *¡Levantaos!*

Los lobos se acercan sigilosamente, gruñendo, con el hocico pegado al suelo. Dientes como cuchillas, cubiertos de espumarajos. Pero Padre no los ve. Magda sigue metiendo bellotas en su bolsa. *¡Que vienen! ¡Levantaos!* Grito con todas mis fuerzas, pero no me oyen por mucho que lo intento.

Todo se desvanece salvo sus temibles mandíbulas. Ya no veo a Padre. Ya no veo a Magda. Solo la oigo gritar.

Debo bajar de un salto y ayudarlos.

Un pájaro emite un sonido de alerta.

Pío pío pío

Debo ayudarlos.

¡Padre!

Me despierto de golpe.

Solo era un sueño.

Luz en el cielo. Un mirlo se asusta y levanta el vuelo entre los setos.

Hace *Pío pío pío.*

Me arrastro fuera del seto y miro el campo. Placas de hielo a lo largo del camino, entre ellas pequeñas briznas de hierba que asoman como islas.

Me duele cada centímetro del cuerpo. La humedad y el frío me hacen estremecer. Me castañean los dientes sin parar.

Me encamino hacia el oeste, bajo las torres de tensión.

Al menos sigo vivo.

A lo lejos, elevándose detrás de un bosquecillo de robles, veo el tejado roto de un viejo edificio.

Me acerco al seto. Me agacho. Corro por la cuneta, atravieso los campos hacia un puñado de árboles. Me lanzo sobre un banco de hierba. La arranco y me la meto en la boca como un perro moribundo.

Me siento mejor entre los árboles. Son buenos árboles. Robles grandes y fuertes que levantan sus ramas desnudas. Fresnos y sicomoros que crecen altos. El olor a tierra que emana del suelo. El bosque se extiende desde el otro lado de la colina hacia los campos y setos que recorren el este.

Desde el lindero del bosque un muro bajo de piedra serpentea a través de los campos hacia la casa. La luz de la mañana proyecta largas sombras desde los árboles. Ahora puedo ver bien la casa. Está construida con piedras enormes traídas desde la colina y colocadas una encima de otra, dejando el hueco cuadrado para las ventanas, igual que en casa. Pero el tejado está derruido en un lado. Saúcos y fresnos crecen dentro. Ventanas atrancadas. Enormes montones de nieve en la parte de atrás, casi llegan al techo. Un granero derruido y un pequeño cobertizo se extienden formando un patio. Igual encuentro algo de comer allí. Y un lugar donde esconderme.

Un destello marrón en el cobertizo llama mi atención. No es más que una zorrilla que corre hacia la ladera de la colina.

¿Pero de qué está huyendo?

Entonces los veo. Manchitas en la distancia. Aparecen entre los árboles que hay más abajo. Hombres con perros que tiran de las correas, con el hocico pegado al suelo. Tienen mi olor.

Vienen a por mí.

Ahora debo echar a correr. A correr como no he corrido nunca. Tropiezo con el muro. Vuelvo a meterme entre los árboles.

Salgo del bosque en dirección sur. Un pequeño arroyo corre por la colina. Agua del deshielo sobre rocas negras. Salto dentro. Sigo corriente arriba. Debo ocultar mi olor. El agua está congelada. Me cala las botas. Me duelen los dedos de los pies, me arden.

Pero debo seguir corriendo como una liebre para salvar el pellejo. Los hombres y sus perros llegarán pronto a la colina. Un poco más arriba me lanzo al suelo, junto a la corriente. Bebo como un animal. Jadeo. Me duelen las piernas. Me duele la espalda. Me duele todo. Pero el viento trae los ladridos de los perros. Aúllan porque tienen mi rastro. El miedo me comprime el pecho.

Me levanto del suelo, goteando, congelado. Me alejo de la corriente. Asciendo en dirección a la llanura.

El brezo me llega hasta los muslos. Es espeso como un seto. Percibo en él el rastro de un ciervo. Debo seguir subiendo. Hacia las llanuras plagadas de rocas desnudas. Allí donde las rocas se desgastan por el viento y la nieve y el hielo y la lluvia, allí donde emergen del suelo y te dicen, *esto es lo que soy, chico, una roca fría, inerte y poderosa bajo tus pies. No te confundas.*

Es ahí a donde debo llegar.

*

Miro hacia la colina.

¿Para qué me quieren? ¿Por qué Padre no me dijo quién era? La gente habla de él como si es Robin Hood.

Pero no lo es. Es Padre.

Y nunca me habló de ningún barco, ni de adónde va. De nada.

Tampoco está aquí para responderme.

Sigo avanzando hasta que el brezo se vuelve menos espeso y entonces me agacho y respiro fuerte. Oigo a los perros otra vez. Sus aullidos me dan un miedo de muerte.

Miro hacia la ladera.

Una fina capa de nieve en el suelo, por encima del brezo. Debo seguir subiendo para tener mejor vista y vigilar.

Hay un risco en el costado occidental de la colina. En una carrera puedo estar allí. En el borde de la colina. La cuesta empinada bajo mis pies.

El viento me golpea el rostro.

Al fin veo. Lo veo todo, a lo lejos, más allá de la neblina que cubre el valle de Afon Eden.

Siento un nudo en el estómago.

El lago Trawsfinid, el cielo reflejado en sus aguas. Como un espejo. En la orilla norte, la masa color verde oscuro de la plantación. Se extiende hasta la llanura. Y erguidos como gigantes, Fach y Fawr. Los Rhinogs. Sus cumbres blanqueadas por la nieve. Hacia el sur, nuevas montañas. Hacia el norte la silueta desnuda del Farngod. Montañas magníficas y poderosas que se alzan por toda la llanura, bajo un enorme cielo azul que lo cubre todo y las sombras de las nubes sobre la tierra.

Lo veo todo desde aquí.

Mi hogar.

Y más allá de las montañas, el mar.

Por debajo, la carretera que discurre hacia la ciudad.

Bajo la pendiente a trompicones. El viento me muerde las orejas y siento la gélida nieve bajo los pies. Más abajo puedo ver los tonos verdes y marrones de los brezos.

Oigo a los perros otra vez. Aún tienen mi olor. Perros rabiosos y hombres enormes sin rostro que se acercan veloces.

Debo encontrar un camino. Esconderme entre los matorrales. Mis pies bajan a toda velocidad por la colina. Miro hacia la cumbre. Siluetas oscuras sobre las nieves perpetuas, se mueven entre las rocas.

Me cobijo bajo unos frondosos espinos. Gotas de rocío. Los hombres con los perros captan mi olor en la ladera. Los oigo.

Corro a través de los árboles, atravieso los charcos, bajo hacia el valle. Doy gracias por la hierba fresca que asoma bajo mis botas.

El sol pega con fuerza. Es un sol bueno y cálido. Los culiblancos y los mirlos pían entre los arbustos. Insectos surcan la hierba, revolotean sobre el suelo empapado.

Un viejo muro de piedra se abre camino hacia el oeste, desapareciendo detrás de los frondosos setos.

Y entonces siento un temblor en la tierra. Un ruido enorme bajo mis pies.

El ruido cada vez más grande, el suelo retumba. Un par de garzas grises extienden sus alas y remontan el vuelo desde los riachuelos que serpentean por la llanura. Un estruendo como de un millar de pies. Como de un terremoto que llega desde el norte.

Mis piernas parecen bloques de piedra. Duelen, duelen

y duelen. Los perros ladran. Todavía tienen mi rastro. Me tambaleo hacia el lugar del que procede el ruido, la tierra tiembla como si se acercara una poderosísima tormenta.

A lo largo del muro. Entre los arbustos. Me asomo a través de los troncos retorcidos de los matorrales.

Un caballo pasa al galope. Después otro.

Una inmensa horda de caballos que galopa hacia los pastos de Afon Eden. Como los dibujos de la cueva. La pradera cobra vida con los animales. Jinetes que traen su ganado desde la ciudad para pastar en los sabrosos terrenos del valle.

—¡Arre!

Un jinete bordea la manada, su montura de piel de oveja llena de sacos, su lecho enrollado a la espalda. Sujeta los estribos, un abrigo de piel de poni ondeando al viento. Hace resonar un látigo. Concentración en su oscuro rostro erosionado.

—¡Arre! ¡Arre!

Los gritos de los jinetes resuenan por la llanura, los cascos de sus monturas golpean la tierra.

Delante de mí un pequeño grupo de ponis corre libre por el claro y lanza sus hocicos al suelo, arrancan la hierba, beben del arroyo.

Me levanto y me acerco hasta ellos. Se sobresaltan. Los ojos como platos. Sus cuerpos suben y bajan con la carrera. Sudor en el cuello. Lo huelo. El agradable olor a poni.

Avanzo hacia unos espinos. Me agacho. Los jinetes siguen gritando y haciendo resonar sus látigos. Los caballos pasan disparados, manchados por el barro que levantan sus cascos. Miles de caballos y de potrillos galopando por el valle. El olor de su manada es justo lo que necesito.

Cubrirán mis huellas y esconderán mi olor.

34

La luna está llena en mitad del cielo infinito. Su brillo helado sobre las rocas. El día calentito se convierte en una noche gélida. Abajo veo el resplandor de un fuego.

Olor a carne asada.

Un grupo de jinetes ha levantado su campamento junto a un viejo cobertizo de piedra. Por toda la llanura los caballos y reses de la ciudad mugen y relinchan suavemente en la oscuridad.

Estoy tumbado sobre las rocas desde que crucé el valle. Corrí entre los animales, entre setos y zanjas, cojeando, hacia la ladera de los Rhinogs. Demasiado agotado para pensar. La manada pisoteó mis huellas, enmascaró mi olor. Ya no se oyen perros así que aprovecho para descansar un poco.

El olor a comida flota desde la hoguera. Estoy hambriento y muerto de cansancio. Mi cuerpo se niega a dar un paso más. Estoy tan agarrotado que hasta me duele respirar. Y esta noche helada no ayuda demasiado.

*

Una vez estuve en esta parte de los Rhinogs con Padre y Magda. Padre nos bajó de la montaña para enseñarnos el valle y recoger huevos. Yo era pequeño. Era verano. Un verano frío. Aún teníamos el poni. Fui todo el camino agarrado a Alice. Padre dirigía al poni por la cabeza.

—Mirad eso, niños —dice señalando el Afon Eden—. Algún día será verde y cálido y el sol brillará durante todo el verano. No lo olvidéis. Algún día podremos bajar de las montañas y levantar una granja aquí abajo.

—No les llenes la cabeza de sueños, Robin —dice Magda.

—No son sueños. Son esperanzas.

Pero no escucho más porque me bajo del poni al ver un nido en el brezo. Un urogallo aletea cuando me acerco. Echa a volar, grazna, se aleja por la llanura.

—¡Mira, papá! ¡Huevos! —grita Alice desde el poni.

El nido estaba lleno.

Pero Padre no está aquí. A mi lado estaría contento de ver todos esos caballos pastando en la llanura y que la hierba ya está verde en esta época del año. Entonces se pondría a hablar de ello hasta matarnos de aburrimiento.

Pero ahora no pienso más que salir vivo de esta montaña. Llegar a ese barco del que la gente habla tanto. El barco del que Padre no me habló. Me parece que la montaña está igual que siempre. Soy yo el que ha cambiado. Un cambio se acerca. Lo veo. Veo la suciedad y el humo y los camiones y el miedo que producen. Padre ha estado sentado en la montaña como ese pájaro en su nido durante todos estos años. No vio venir las cosas hasta que no las tuvo delante de las narices.

Y todo el mundo piensa que su libro le convierte en una especie de Robin Hood. Patrick habló de la gente que tiene el libro de Padre. Gente que mira a Occidente en vez de a Oriente. Gente que hace planes.

¿Planes para qué? Padre nunca me habló de planes. Solo me enseñó a poner trampas y a plantar avena y me dio lecciones sobre mil cosas. Y todo este tiempo he pensado que estas montañas eran mi hogar.

Igual Padre lo sabía. Debía saberlo. Debía saber lo del barco. Debía saber que estaría en problemas si el gobierno le encontraba porque se cambió el nombre y se escondió en la montaña. Todo empieza a tener sentido. La reunión de cada verano en Barmuth con los barbacanas. La forma en que Padre habla siempre, como si te estuviera preparando para algo. Siempre pensando que las cosas van a cambiar. Que la nieve se derretirá y todo volverá a ser como antes.

¿Pero para qué montar en un barco si la nieve se va a derretir? ¿Y dónde está ese barco?

Patrick dice que todo el mundo mira a Occidente cuando deberían estar mirando a Oriente. Pero Occidente no es más que ese mar inmenso. Padre me dibujó un mapa una vez. Un mar lleno de ballenas escupiendo agua, rayitas onduladas para hacer de olas. Prefiero mil veces tener los pies en tierra que en ese inmenso mar vacío, hazme caso.

*

Veo a los niños y las mujeres venir despacio por la llanura. Llevan los ponis cargados con ollas y sartenes y tiendas de campaña y a los niños montados en ellos o subidos en sus espaldas. Se dividen en grupos más pequeños, van hacia los campamentos que han levantado los hombres. Pequeñas hogueras empiezan a arder por el valle. Los jinetes se acurrucan junto al fuego. La dura marcha ha terminado por hoy. Abajo en el campamento las mujeres desensillan a los ponis, les frotan los flancos sudorosos con trozos de hierba enredados y los cubren con mantas para protegerlos del frío. Sus niños harapientos se sientan en el suelo a pelearse y a jugar con palos.

Lo veo todo desde las rocas, escucho sus conversaciones que se dispersan con la brisa.

El padre de Mary era jinete. Eso me dijo. Imagino que un día tuvo la idea de irse a las montañas al terminar el verano en lugar de regresar a las tiendas del asentamiento. Es como si Mary está a miles de kilómetros de aquí. Es como si todo lo que conozco está tan atrás que ya no puedo verlo. Como si me lo han arrancado. Tengo la cabeza llena de miedo, dolor y hambre. No hay sitio para mucho más.

Necesito comer. Quiero sentarme entre esa gente. Oírles hablar. Sentir el calor de un buen fuego.

Pensando en ello me despisto y pierdo pie en el pedregal, tropiezo y resbalo sobre las rocas heladas. Las piedras sueltas caen rodando por la ladera.

—¡Pa! ¡Pa! ¡Perros! —grita un niño.

Los hombres se levantan de inmediato. Una mujer chilla.

—No soy un perro —grito. Estoy tirado en el suelo. Me duele todo el cuerpo—. No soy un perro.

Un hombre de pelo oscuro con pistola sube la pendiente hacia mí.

—Pa, Pa, ¿es un ladrón?

El jinete barbudo me contempla.

—Me he perdido. No encuentro mi campamento —digo.

—¿Te has perdido?

—Estaba buscando huevos. Con mi hermana. Arriba en la colina. Ahora está oscuro y no encuentro el camino. No soy un ladrón.

Una mujer corpulenta se acerca con un niño en brazos.

—No es más que un niño, por amor del cielo. No es un ladrón. Se ha hecho daño. Mira esa cara amoratada. Será mejor que pases la noche con nosotros, chico. Si no, aquí fuera te congelarás. Tráele una manta, Huw, y baja ya la pistola.

—¿Es un ladrón, Ma?

—No, solo es un chico, y ahora bájate y ve a buscar una manta.

La mujer se acerca. Me ayuda a llegar hasta el fuego. Me da un buen trozo de carne asada.

—Come si tienes hambre —dice.

La carne sabe muy bien. Los niños retroceden un poco, mirándome y cuchicheando.

Los hombres me miran a través de la luz del fuego que parpadea.

—Por la pinta que tienes, debiste pelear con un pájaro enorme para quitarle los huevos —dice el tipo de la pistola—. ¿Y dónde está tu hermana?

—Pues… echó a correr y… yo…

—Hay hambre, ¿eh? Y veo que tienes un buen abrigo. Parece el trabajo de un renegado. ¿Lo encontraste en la montaña?

—Déjale en paz, Huw.

Termino de devorar la comida. Los hombres me miran fijamente alrededor del fuego.

—No te preocupes. Aquí estarás bien, muchachote —dice el tipo—. Pero no robes nada y márchate al amanecer. Será mejor que vuelvas a buscar a tu hermana, ¿no?

Echa los restos de su bebida al fuego. Los leños sisean.

—No hay problema. Eso es todo —se pone la pistola sobre las rodillas. Hace un gesto a los niños—. Tráele al chico algo de beber, Talf.

Un niño con la cara sucia me da una taza llena de priva. Tiene un olor fuerte y amargo.

—Bébete eso y dormirás bien. No te preocupes más.

Asiento. Tengo la boca llena de comida caliente. Inclino la taza.

Supongo que nada más beber me dormí, porque cuando el frío amanecer me despierta veo mis botas colgadas de unos palos, junto a los restos de la hoguera. Les han limpiado el barro y al lado hay un fardo con comida. Me levanto. Alrededor de la hoguera los hombres roncan entre sus mantas. También mujeres y niños, acurrucados bajo las sábanas. Una niña pequeña abre los ojos, sonríe soñolienta y se da la vuelta hacia su madre. Los ponis rondan por allí con las cabezas gachas. Miro hacia la pendiente de los Rhinogs.

Un jinete barbudo vigila en silencio desde lo alto de una roca. Tiene pistola.

Me pongo las botas.

Están limpias, secas y calentitas. Recojo el fardo de comida. El tipo me hace una seña.

Subo hasta donde está sentado.

—He visto perros y soldados husmeando por el valle esta noche, chico —dice—. Yo en tu lugar me volvería inmediatamente a las montañas —me entrega una cantimplora de cuero con agua—. Quédatela. La necesitarás.

Señala hacia el sendero que discurre entre los picos.

—Ese es el mejor camino. Por la calzada romana. Espero que encuentres lo que estás buscando, joven renegado —se hurga entre los dientes con un palillo—. Pero será mejor que te muevas. No tardarán en volver.

Me alejo lentamente del campamento en dirección al paso, lejos de los fuegos que humean sobre la llanura. El sol empieza a salir con fuerza. Una neblina flota sobre la hierba humedecida. Veo animales como puntitos sobre el mosaico verde del valle.

Me siento bien de tener este paquete con comida y esta cantimplora de agua. Ahora huelo la montaña. Oigo cómo me llama.

Me abro camino entre los brezos y los helechos empapados. El paso conduce hacia el viejo sendero. Bloques rotos de piedra que serpentean montaña arriba como una antiquísima escalera. Conduce hacia el lago de Cym Bachan por el lado oeste. Desde allí tomaré los barrancos y los bosques que bajan al mar.

Un águila ratonera vuela en círculos. Miro arriba. Los enormes peñascos alzándose a mi izquierda. Montones de nieve sin fundir en los rincones sombríos. Descanso un poco junto al camino. Echo un trago de agua. Muevo los dedos de los pies dentro de mis botas secas y calentitas. Pienso en lo ocurrido.

En el suelo veo la huella de una pezuña. Observo el camino. Parece que hay más de un caballo. Pisadas que se arremolinan. Se dirigen a las montañas. Pero ahí arriba no hay pastos.

Lo que no he visto es huellas pequeñas. No hay potrillos con estos caballos. Deben de ser hombres cabalgando. Hombres que suben a caballo hacia las montañas. Jinetes tal vez. ¿Qué irán a hacer ahí arriba?

Sigo las huellas. El rastro conduce hasta el comienzo de los viejos escalones de piedra y surca el barro a ambos lados del camino. Las pisadas vadean una corriente, un pequeño puente de piedra arqueado encima. Un espino solitario crece retorcido y al azote del viento en la otra orilla. Parece que la gente de los viejos tiempos siempre estaba ocupada construyendo cosas, incluso aquí arriba en los Rhinogs.

Sigo las pisadas. Un viento gélido se arrastra sobre las piedras planas y heladas. Cuanto más subo, más frío. Finas capas de nieve en el suelo. El deshielo nunca llega a las cumbres.

Siempre es invierno aquí arriba.

*

Ha sido un camino largo y frío a través de las montañas. Pierdo el rastro entre los helechos y los brezos. Desaparece sin más. Imagino que ya debo haber cruzado el paso.

Me detengo en un peñasco. Veo las aguas de Cym Bachan debajo. Solo una capa fina y frágil de hielo en la superficie.

Todo está abajo ahora. Muy abajo. A lo lejos, el mar. El estuario de Barmuth hacia el sur y las casas abandonadas de Harlech hacia el norte. Solo ese castillo viejo y enorme alzándose sobre la playa como un sapo achaparrado en la orilla. Ahí es donde debo llegar.

Aún no he visto caballos. Pero no está mal estar aquí rodeado por el viento y las rocas y la montaña. La montaña me limpia por dentro. Lo que pasa es que ya no me gusta tanto estar solo y ser el Número uno. En momentos así te apetece decir tus palabras. En momentos así las palabras se agolpan en tu cabeza. Incluso si el mal se acerca como un remolino que intenta absorberte.

Bajo de las rocas. Al otro lado de las aguas una espesa arboleda, un barranco, el inicio de la presa.

Me lavo la cara en la orilla. Lleno la cantimplora. Me siento agotado, dolorido. Me levanto la chaqueta y veo los moratones negros y azulados que cruzan mis costillas. Me gustaría estar cerca de mi guarida en Farngod. Arrastrarme por sus túneles, encender una vela y decir mis palabras. Escuchar el espíritu de la montaña. Descansar un poco.

Porque llevo detrás un enorme banco de nubes negras. Todo lo que ha ocurrido. Padre y Magda y los gemelos. Dorothy balanceándose en esa habitación. La tormenta de nubes negras que tengo dentro estallará furiosa si le dejo.

Recojo la cantimplora y me abro camino hacia el sombrío barranco. No es mi espíritu el que me hace poner un pie delante del otro. No es Perro quien me dice qué hacer. No es más que un enorme vacío el que me guía.

Desciendo por las rocas hacia la desembocadura del lago. El río es un hilito que se escurre entre las piedras congeladas.

Bajo los árboles todo es sombra. Pero el débil sol que brilla a través de las ramas se proyecta sobre los helechos escarchados y alcanza las húmedas rocas negras de la ribera. En otro tiempo habría pensado, Esto es mágico.

Pero una sensación de pánico me agarra la garganta como un ladrón en la noche. ¿Qué voy a hacer si el barco se marcha antes de que llegue al mar? ¿Qué haré entonces?

Ramas desnudas sobre la ribera. Hay unos agujeritos amarillentos en la nieve, allí donde ha goteado el agua del deshielo.

Un tordo desciende sobre el agua y aterriza en una roca, se inclina, tiene la cola brillante. Me ve y suelta un graznido, asustado, remonta el vuelo. Me deslizo sobre las hojas caídas y empapadas y sobre los montones de nieve. Bajo hasta la orilla, desde allí podré llegar al fondo del barranco.

Entonces lo veo. Un movimiento bajo las sombras de las ramas. A lo lejos. Un poni y su jinete.

El jinete mira a su alrededor. Una mano sobre la grupa del animal, le da un golpe para seguir avanzando. Desaparecen por un recodo del río.

Vuelvo a subir al banco. Los sigo en silencio. Mi corazón late fuerte mientras escalo por la pendiente y me arrastro por lo alto del risco.

Me detengo. Respiro fuerte. Percibo otro movimiento en el barranco. Un corpulento poni gris avanza entre los árboles. No hay nadie más. El jinete se encorva para esquivar las ramas.

Avanzo lentamente por encima de ellos, sin ruido. Más adelante la arboleda es menos espesa. Veo que el jinete es una chica. Lo noto en la forma de sentarse. En la forma de mirar. Su melena asoma bajo la capucha. Le clava los talones al poni, que echa a correr por la nieve y sale a un claro junto a una pequeña charca.

El corazón me late más deprisa.

La chica vuelve la mirada hacia los árboles. Se pasa una mano por la cara. Rebusca en los fardos que cuelgan del cuello del poni.

Me acerco un poco más. Una rama cruje bajo mis pies. El poni me oye. Levanta las orejas. La chica se incorpora. Mira en derredor. Estoy bastante cerca para llamarla.

—Hola.

La chica se sobresalta, asustada. Una cara pálida bajo una capucha se gira hacia mí.

—¿Quién es? ¿Dónde estás? —agarra con fuerza las riendas.

Me deslizo pendiente abajo. A través de los árboles. Hacia el claro.

—¿Quién está ahí?

Noto miedo en su voz.

—¿Quién eres?

El poni da un pisotón en el suelo.

—No te veo. ¿Eres tú, Pa? ¿Quién es?

Ahora le veo la cara.

Me quito la capucha. Salgo de entre los árboles.

El mundo entero parece brillar bajo el sol como si acaba de nacer.

—Mary —digo—. Mary, soy yo.

35

Mary se baja del poni. Viene hacia mí.

—Willo.

Mary coloca su mano calentita sobre mi cara.

—Pensé que no iba a volver a verte, Willo.

Entonces aparta la mano. Sus ojos se oscurecen.

—Me abandonaste. ¿Por qué te fuiste sin decirme nada?

—Lo siento.

—Pensaba que eras mi amigo.

—Lo soy, Mary. Hazme caso.

—¿Entonces por qué te fuiste?

—Es una larga historia. Una historia triste. Pero tú... conseguiste salir del asentamiento.

—Salí con los demás.

—¿Los demás? ¿Quiénes?

—El barco. Vamos hacia el barco. Estoy esperando. Esperando a Pa.

—¿A tu padre?

—Pa va a volver. Lo prometió.

—Tu padre está muerto, Mary. Recuerda. Está muerto arriba en la montaña. No va a volver.

—De eso nada. Está vivo. No murió. Consiguió volver.

—¿Volvió?

—Sí. El día que salió a buscar comida le sorprendió una ventisca y se perdió. Cuando me encontraste en la casa de la montaña —da un paso adelante—. Pensé que no iba a volver a verte, Willo.

Un viento caliente sopla en mi cabeza. Estamos muy cerca. Mary sujeta las riendas de su poni.

—Cuando regresó a la casita solo encontró a Tommy. Los perros le habían alcanzado. Pensó que los perros habían hecho lo mismo conmigo, así que volvió al asentamiento.

—¿Cómo has hecho para vivir?

—Me quedé con Piper un tiempo. Esperándote. Pero pensé que te habías ido para siempre. Entonces Vince me dio trabajo en la taberna. Lo suficiente para sobrevivir. Un lugar donde quedarme. Así es como me reencontré con Pa. Lo sabía todo. Sabía cuándo iba a salir el barco. Todo. Me consiguió este poni y me uní a los jinetes. Fuimos hacia los pastos. Pa tenía que reunirse conmigo. Sé que vendrá. Lo prometió.

—¿Dónde crees que está?

—No lo sé. Tenía que volver a la ciudad. Para buscar a alguien.

—¿A quién?

—Al hijo de John Blovyn. Tenía que buscar al hijo de Blovyn.

*

—El barco está listo. Debes intentar escapar. Y ayudarla. A mi hija. Por favor, ayúdala. Me está esperando…

Entonces creo que Mary ve algo en mi cara, porque un gesto cruza su boca como la sombra de esas nubes que crecen en mi cabeza.

—¿Tu Pa es Callum Gourty?

—Sí. Callum Gourty. ¿Cómo lo sabes, Willo?

El tiempo se detiene en ese sombrío claro junto a la charca. No quiero ser quien se lo dice, pero no queda otra. Ese hombre era el padre de Mary. No era un ladrón. Me lo dijo ahí arriba en el Farngod, pero entonces no quise escucharla.

—Está muerto, Mary.

—No, Willo, no está muerto, está vivo, él… —entonces la sombra cubre toda su cara.

—Callum Gourty. Tu padre. No va a venir.

Me da la espalda. Se acerca a la orilla del río. Las manos en la cara. Lo veo y miro hacia otro lado. El poni agacha la cabeza, resopla entre las hojas.

—¿Cómo lo sabes? —su voz es suave como el murmullo del agua.

—Mary —doy un paso hacia ella—. Me dijo que te encontrara…

—¿Cómo lo sabes? —me mira. Los ojos húmedos.

—Yo…

—¡Dime cómo lo sabes, Willo!

Me acerco a ella.

—Lo siento. De verdad —extiendo una mano—. Créeme, no hay tiempo de hablar, Mary. No queda mucho tiempo.

Pero no me escucha.

—Debemos darnos prisa, Mary.

—¿Cómo sabes que está muerto?

Mary se balancea como un árbol joven.

—Tu Pa vino a buscarme. Yo ni idea de que era tu padre. Hasta ahora.

—¿Os encontrasteis en la montaña?

—No, Mary. En la ciudad.

—¿Por qué?

—Vino a buscarme y después nos apresaron. Y ahora también vendrán por nosotros. Debemos llegar al barco. Tenemos que irnos.

Las nubes se rompen. Mary tiene la tormenta dentro. Parece que la lluvia cae como un océano. Mary se deja caer sobre las rocas mojadas.

—¿Quién se lo llevó, Willo? ¿Qué ocurrió?

Fuertes sollozos, gritos llamando a su Pa. La levanto del suelo.

—No puedo irme sin él. Yo…

—No sé por qué ocurrió, Mary —consigo que se levante y la sujeto fuerte—. Hay mil cosas que nadie me ha explicado…

—Pero, ¿por qué tu?

—Porque yo…

—¿Por qué?

—Por Padre, Mary. Él también está muerto. Padre también ha muerto. Solo quedamos tú y yo.

—¿Pero por qué Pa volvió a buscarte, Willo?

—Padre es John Blovyn, Mary. Por eso vino a buscarme. No es culpa mía.

Mary me mira fijamente con sus ojos húmedos.

—¿Tú? ¿Tú eres el hijo de John Blovyn?

—Sí.

—¿Tú?

Ya entiendo por qué tu padre estaba tan decepcionado contigo, Willo. Mírate. El hijo del gran John Blovyn, correteando por las colinas como un perro salvaje. Su hijo el retrasado.

—Ahora no es momento de hablar, Mary. Debemos irnos, llegar al barco antes que sea tarde.

—No puedo, Willo. No sin Pa.

—Me tienes a mí.

Quiero decir muchas cosas pero hablar no ayuda a calmar la pena. Debemos seguir adelante. Esto no ha acabado. Cuando el tiempo cambia tienes que envolverte en tu abrigo y andar encogido para protegerte del viento.

La subo al poni. Es un buen animal. Fuerte y aguerrido. Crines largas y espesas, le caen desperdigadas sobre el cuello. Mary entierra las manos en ellas. Mary también está calentita. La ayudo a subir con un brazo.

Ahora estás solo, Willo.

Miro detrás. No hay nada.

Pero Perro me dice que debo ser el Número uno.

Por Mary.

—Hay que darse prisa. ¿Qué haremos si el barco se va sin nosotros? —digo en voz baja—. Tenemos toda la vida para llorar. Pero ese barco no va a esperar por dos niños a los que nadie conoce.

Mary detiene el poni.

—No quiero seguir, Willo. No me queda nada.

—Pero debes. ¿Qué vas a hacer, quedarte tirada bajo esos árboles? Eso no lo arreglará.

Empieza a llorar otra vez con fuertes sollozos. La bajo de la montura. Es como un pajarillo caído del nido. Recuerdo su cuerpo escuálido y congelado cuando la hice entrar en calor en ese aerogenerador roto de la montaña. Sus manos en torno a mi cuello mientras la llevaba a través de la nieve. Un milagro que no muriera entonces. En el fondo es fuerte. Lo sé.

—Mary, no eres de los que se rinden y abandonan. Debemos llegar al barco. Ir en él adondequiera que va.

Me duele ver su cara húmeda y rota.

—Lejos —dice, con la mirada perdida—. La isla. El barco nos llevará a alguna parte, lejos. A un lugar seguro. Lejos de aquí. Eso es lo que decía Pa. Decía que iba a ser un nuevo comienzo. Que todo sería nuevo…

—Sí, es lo que tu Pa quería, Mary. Te quería en ese barco. Me lo dijo.

—¿Te lo dijo?

—Tenía razón, Mary. Aquí no queda nada para nosotros, ¿no es así?

—Sí.

La imagen de Dorothy arde en mi cabeza. Patrick aplastándome la cara con su bota. Las cosas que dijo. Las cosas que hizo. A Padre. Y a Magda.

Todos no están.

Ahora me siento más cerca de Mary. Nuestros cuerpos juntos. El poni quieto y callado.

—Nunca pensé que la gente pudiera ser tan mala, Willo.

—No todos son malos.

—Lo sé. Pero es difícil olvidar —apoya la cabeza en mi cuello—. ¿Por qué quieren hacernos daño?

—No les gusta la gente como nosotros porque se asustan. Les asusta lo que podemos hacer. Por eso debemos irnos.

Sigue llorando suavemente junto a mi oreja. Sus brazos en mí. Los árboles parecen afilados, primera vez que los veo así. El mundo está bajo esos árboles con el suave fluir del agua y Mary entre mis brazos.

—He pensado en ti todo el tiempo, Mary. He pensado en llevarte a la casa de la montaña...

—¿Entonces por qué te fuiste? No lo entiendo.

—No lo sé. Perro se despertó. Bajó de las colinas. Me llamó. Y entonces fue demasiado tarde. Sabía que debía volver a buscarte pero era demasiado tarde. Ocurrieron cosas. Me quedé atrapado en la ciudad. Pero no dejé de pensar en ti. Yo...

El poni pega un respingo, asustado.

Rocas de la ribera ruedan hacia la corriente.

—¿Qué es ese ruido, Willo?

El agua nos lame los pies. El caballo relincha.

Un ruido extraño proviene del desfiladero.

—¡Deprisa, Mary! Hay que subir por la ribera.

—¡Willo! ¿Qué es?

El ruido se hace más fuerte, el suelo tiembla. Sé lo que se acerca. No puedo creer que haya sido tan estúpido.

—¡El agua del deshielo, Mary!

El poni se libera y salta sobre la ribera.

El agua corre por las rocas. Y ese sonido, como de una bestia monstruosa. Viene del otro lado del río.

—¡Mary!

Le agarro la mano. Tiro de ella. Tiro de ella hacia un suelo más alto. Escalo agarrándome a las ramas. La atronadora agua del deshielo llega desde el lago.

Mary resbala sobre las hojas mojadas. Se agarra a mí con

una mano y con la otra al tronco de un árbol. Grito pero mi voz se pierde con el rugido de la ola. Aparece un enorme muro de agua desde el lago. Atronador. Llena el cañón por completo. Cada vez más grande, se estrella contra los árboles. Nada puede pararlo. Nada se interpondrá en su camino.

Lo veo y se me corta el aliento. Una montaña de agua que lo arrasa y golpea y machaca todo. Como una torre sobre la ribera. Una torre que arrasa todo a su paso y sepulta los árboles, arrancándolos de raíz. Convirtiéndolos en astillas. Una torre que surca el cañón como una poderosa tormenta. Barre las orillas, vapores contra el rostro. Destruye, ruge, es imparable.

—¡Willo! —grita Mary, aunque casi no puedo oír su voz.

La levanto con todas mis fuerzas. La ayudo a subir por la pendiente. El poni relincha. Golpea el suelo detrás de mí. Las fosas nasales abiertas. Agarro el estribo que cuelga de uno de sus costados. Justo a tiempo. Las aguas de Cym Bachan chocan contra la orilla. Justo debajo nuestra.

El poni nos lleva a rastras, relinchando y echando espuma por la boca. Caemos exhaustos sobre el suelo mojado. Un árbol enorme gira sobre las aguas. Choca contra la orilla. La riada ha arrancado ese árbol enorme como si es un palo. Las aguas turbias y gélidas y furiosas se vacían sobre el valle.

Debería haberlo sabido. Debería haber sabido que no hay que estar junto al río en esta época del año. Cuando llega el deshielo, mejor alejarse.

Nos quedamos tumbados en el suelo. Respiración acelerada.

Una carcajada como una tormenta se alza dentro de mí. Las nubes negras se abren. Siento que llegan las lluvias.

Llegan desde muy adentro. Me río sin parar, entre convulsiones, con lágrimas en los ojos. Tumbado en el suelo, a salvo, con Mary al lado. Todo el miedo y el dolor y la alegría estallan fuera de mí en forma de carcajada. Desde el fondo de mis tripas. Una carcajada que se alza sobre el sonido de las turbulentas aguas que discurren por debajo. Todo fluye con esa carcajada.

—¿Qué? ¿Qué pasa, Willo?

No respondo, solo me doy la vuelta para mirarla. Le pongo una mano en la cara, está pálida. Entonces veo la liebre. Viene corriendo desde el río.

—¡Chssst! Mira. Allí.

Agarro a Mary de la mano, como si lo hubiera hecho muchas veces.

—¡Allí! La liebre.

Una liebre grande y marrón que corre hacia el espino desnudo. Un joven lebrato a su lado.

—Mira, Mary —me pongo en cuclillas—. Mira. El lebrato.

Las liebres desaparecen bajo un seto. Nos agachamos y gateamos entre los arbustos. Salimos a la luz de entre las ramas.

Estamos sobre una roca plana y elevada, contemplando el valle que desemboca en el mar.

—¡Mira, Willo!

Se extiende hasta donde alcanza la vista. El cielo se despliega a nuestro alrededor. El horizonte forma una curva. Se curva *porque la tierra es redonda, Willo*. Cuando estás aquí arriba lo entiendes. La inmensidad del mundo, del cielo y de sus nubes esponjosas. El gran y ancho mundo.

Mi mundo.

—¡Allí, en la playa! ¡Mira! —grita Mary.

Lo veo. Las volutas de humo de las hogueras del campamento. Gente agrupada junto a la orilla. En el mar, bajo la luz brillante del sol, reposan varios barcos. Sus enormes velas ondeando al viento. Como alas de plata. Hay botes en la arena.

—Son los barcos, Willo.

Habla en voz baja.

Sigue agarrando mi mano. Su tacto es suave, dulce, cálido.

—Hemos llegado a tiempo —dice.

Pero el fuego sopla fuerte en mi cabeza. Sopla con el aroma de la incipiente primavera. Escucho las voces. Igual Perro baja a buscarme desde la montaña después de todo. Las voces retumban y golpean dentro de mí.

Me doy la vuelta hacia Mary. El sol cae sobre los picos cubiertos de brezos. Suaves prados, verdes y rojizos, en la ladera. El sonido del remolino de agua que llena el río al otro lado de la arboleda. Y Mary. Tumbada junto a mí.

—Vamos. Podemos conseguirlo, Willo. El barco. ¡Tenemos que bajar!

Ruedo sobre mi espalda. Me da el sol en la cara.

—¡Vamos, Willo!

Sí, pronto los brezos rojizos estarán llenos de insectos y zumbidos. La hierba será suave y dulce. Las perras se echarán al suelo a parir sus cachorritos. Los pájaros pondrán sus huevos entre los helechos. Es momento de trabajar el suelo y plantar avena para el invierno. Es momento de limpiar el hollín de las mantas y de golpear las alfombras. De oler la tierra que asoma bajo la nieve.

—¿Willo?

—Escucha, Mary. El mundo… El mundo entero está aquí.

—Tenemos que bajar, Willo, antes de que se marchen.

—¿Será mejor que esto, Mary? ¿Allí donde quiera que va el barco?

—No te entiendo. Es el barco que nos sacará de aquí, que nos llevará a la Isla. Para empezar de cero y todo eso, ¿recuerdas? Empezar de nuevo en un lugar seguro.

—¿Pero no lo ves? Está todo aquí. Este es nuestro sitio. Entre los árboles, los valles y las montañas. Bajo este inmenso cielo. El hielo no es más que agua congelada, Mary. Hay que gritarlo alto y claro. Esta es la isla. Tú. Yo. Este lugar. La isla está aquí. *En nosotros*. Ahora lo entiendo. Debemos llevar las cosas buenas en nuestra cabeza, igual que ese barco viaja por el mar. Nadie puede quitarte lo que llevas en la cabeza si no le dejas. Hazme caso.

Mary mira hacia la bahía. Está tan cerca, tanto, que puedo sentir su aliento. Su mano sigue enlazada con la mía.

—No sé qué quieres decir.

—Igual lo que hay en ese barco no es diferente. Subir al barco es como haber muerto. Habrán ganado.

Un enorme silencio entre los dos. Solo el sonido del viento y de los árboles meciéndose. Pero no gritan, murmuran.

—Podríamos ir al sur —susurra.

Me doy la vuelta y la miro. Le aparto un mechón de pelo de la frente empapada.

Tengo miedo, pero es un miedo bueno y fuerte, que asoma como el sol entre las nubes negras de mi cabeza. Todo es incierto salvo el nuevo día que tenemos por delante.

—Sí, Mary. ¿Lo ves? Tenemos el poni. Podemos ir al sur.

Buscar una casa. Plantar avena. Cortar leña. Empezar de nuevo. Debemos ser faros de esperanza. Si no somos nosotros, ¿entonces quién?

Es en ese momento, contemplando el mundo que nos rodea, cuando me doy cuenta.

—¿Y no me dejarás?

La miro a los ojos.

—No, Mary. No te dejaré.

Se aparta y me mira.

—¿Lo prometes?

El viento sopla dentro de mí. Las voces hablan.

Haz caso de tu espíritu, Willo. ¡Debemos compartir nuestro optimismo! En torno al fuego. Cuando nos reunimos. Cuando contamos historias. Debemos legar este don a nuestros hijos.

Sí, Mary, le digo*, te lo prometo.*

Y es mi voz. Siempre ha sido mi voz. No la de la liebre. Ni la de Perro. Ni la de Padre. La de nadie.

Solo mi propia voz.

...

Agradecimientos

Timothy Shepard, Julia Churchill, Emma Young, Gordon Stevens, Daniel Crockett, Tony Lawrence, Claude y Therese Mesmim, Michelle y Francis Domps y Debi Squirrell.

Y Louise Bacou.

Gracias a todos.

ÍNDICE